那年初一

逯耀東 著

東大圖書公司

國家圖書館出版品預行編目資料

那年初一／逯耀東著.－－三版一刷.－－臺北市：東大，2019
面；　公分.－－(糊塗齋文稿)

ISBN 978-957-19-3183-8　(平裝)

863.55　　108008308

著作人	逯耀東
發行人	劉仲傑
著作財產權人	東大圖書股份有限公司
發行所	東大圖書股份有限公司
	地址　臺北市復興北路386號
	電話　(02)25006600
	郵撥帳號　0107175-0
門市部	(復北店) 臺北市復興北路386號
	(重南店) 臺北市重慶南路一段61號
出版日期	初版一刷　2000年4月
	二版一刷　2010年4月
	三版一刷　2019年7月
編號	E 855560

行政院新聞局登記證局版臺業字第〇一九七號

ISBN　978-957-19-3183-8　(平裝)

http://www.sanmin.com.tw　三民網路書店
※本書如有缺頁、破損或裝訂錯誤，請寄回本公司更換。

序

我退休了。上罷最後一堂課，歸來寫了篇〈便當〉，記當時的情景，然後就成完全散旦的人。雖然現在還在大學與研究所教點課，但非正業，玩票而已。

雖然書不教了，但書還是要讀的。這一年多，認真讀了些過去不認真讀的書。並且繼續做些過去沒有完成的研究工作。同時對自己過去做的工作作一個總結。編了兩套書，一是《糊塗齋史學論稿》，是自己研究領域裡的專業工作，已出版了三冊。其他的將相繼出版。一是《糊塗齋文稿》。所以，日子過得反而比過去忙碌。大部分時間在我的書房「糊塗齋」中坐。

教書生涯雖然孤寂落寞，但偶爾也會興起些微感慨。因為自己沒有寫日記的習慣，暇時將這些微的感慨，書記成篇。日積月存下不少。先後出版了《又來的時候》、《丈夫有淚不輕彈》、《劍梅筆談》、《那漢子》、《那年初一》，還有兩本有關飲食的隨筆：《祇剩下蛋炒飯》、《已非舊時味》。

這些集子記錄了我不同時間的不同感慨。只是這些集子的出版，都是在朋友們催促，與或出版社集妥我在報刊發表的稿子成編的，自己很少過問。這一年多來，有暇重讀這些集子，覺得該整理一下，有重編一次的必要，於是有了《糊塗齋文稿》的出版。

《糊塗齋文稿》已出版兩冊：《窗外有棵相思》、《出門訪古早》。《窗外有棵相思》是在香港十四年教書，所留下的痕跡，並且將《那漢子》改回原名《過客》合為一編。《過客》曾獲六十七年度的散文金筆獎。《過客》原來是《皇冠》雜誌的專欄，後來停筆也和去香港有關。《出門訪古早》是《祇剩下蛋炒飯》與《已非舊時味》合為一編，並增添了後來發表的一些飲食的隨筆。現在又出版《那年初一》與《似是閒雲》。

《那年初一》曾獲七十六年國家文藝散文獎。不過，現在的《那年初一》抽出原書的部分文章，並增添了近年發表的作品，比原來的篇幅減少，但較以前完整，紀錄我教書生涯點滴和感慨。最後一輯〈燃燒的霞〉是我在京都掛單一年寫的，那已是三十年前的舊事。這本集子包括的時間很長，從最初的〈初來的時候〉到最後的〈庸醫救人〉，前後四十餘年。

但不論時間的久遠，都是我個人生活的點滴，就像《那年初一》初版時的自序所寫：「我有許多不同的經歷。偶爾也會將這些不同的經歷，寫成文字紀錄下來。這些紀錄是我個人的生活點滴。但由於自己除了教書，再沒有其他經歷了。生活的圈子非常狹隘。雖然過去也曾對家事國事感慨一番，但都是些自古書生空議論的閒愁。既無補於世，又徒增喧囂。所以，這些年連閒愁也沒有了，衹是避處一隅，默默地生活著。但避處與默默，並不是否定自己的存在。因為生活在我們這個時代，即使一個卑微的人，也有一個不容被忽視的自我存在，該被自己肯定，而且被人尊重的。」

這段話寫在十多年前，現在還如此認為，以此為序。

二〇〇〇年三月於臺北糊塗齋

那年初一

目次

目　次

第三輯 好個天涼

目次

4 那年初一

第一輯

初來的時候

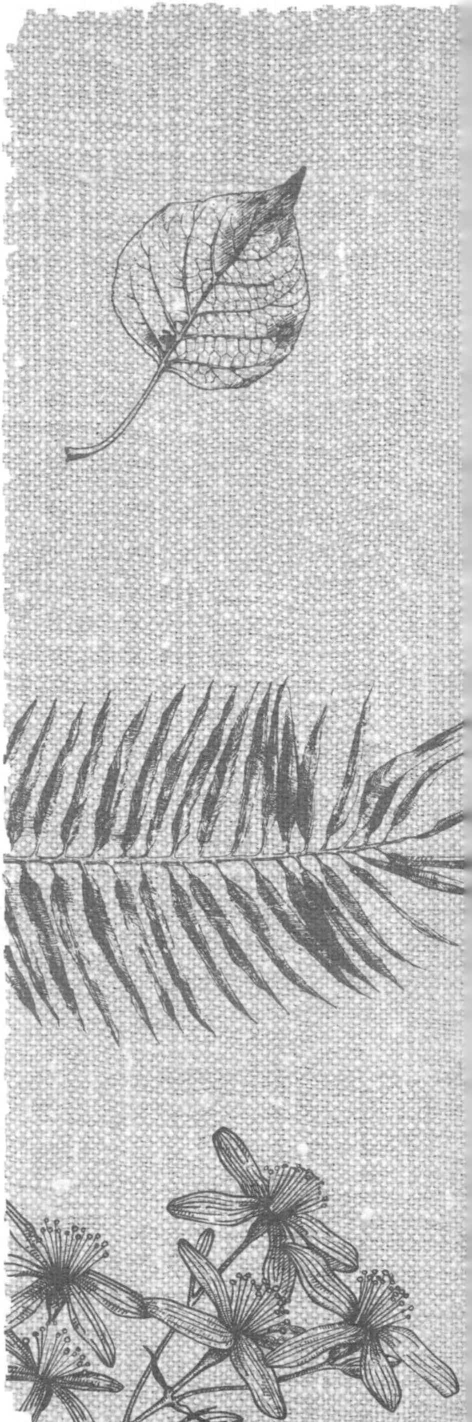

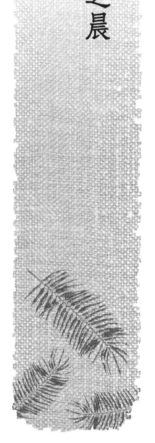

嘉義之晨

走出站臺，十幾輛睡眼惺忪的三輪車，拉著十幾個睡眼惺忪的旅客呼嘯而去後，出口處只剩一個茫然的我。轉過頭去，收票員已清理好票根，正關上柵門準備離去。

抬起頭來，天上懸著半輪皎潔的明月，點綴著幾顆稀疏的碎星。除了精神堡壘旁，幾家通宵的露攤那串燦爛的燈光，在黑暗裡湊成一圈光亮，四周一片岑寂，車站大廈上的大電鐘剛爬過四點。

嘉義，我是熟悉的。四年為賦新詞強說愁的年紀，在這裡的每一條街、和每一條巷子裡悄悄流去。可是，現在卻是一個陌生的過客，匆匆的來又將匆匆的去。我漫無目的朝中山路緩緩走去，兩串守夜的街燈，一盞接一盞排向中央噴水池。在街燈背後是一排緊密相接、高低不齊朦朧的市招，市招下是扇扇緊閉冷漠的門。這條嘉義最繁華的大街，我不知走過多少次，只有這次我才是獨自享有，懷著一份熟悉又落寞的心情，在街心踽踽而行，只是不知何去何從，未晚先投宿的時間已過去，如今只好雞鳴早看天了。

我站在中央噴水池的柵欄外，看著那串串的水柱升起後，擴散成許多水珠又跌落在池裡。我初來嘉義的時候，穿上剛買來的木屐，無聊地蹲在這池邊，看水珠跌落擴散，消磨了多少黃昏和夜晚。現在我又來了，水珠依舊跌落擴散，但跌落的永遠跌落了，擴散的永遠無法再聚回來了。

然後，我走到了嘉義醫院背後那條街，在路旁那座破舊的小樓前停下來。這裡是我的舊居，在朦朧裡還可以看清小樓蒼老的輪廓，木板圍牆裡那株老榕的枝椏更伸向圍牆外了。二十多年的風雨，這小樓竟一點也沒有變。我順手拉一下老榕樹的垂鬚，又不自覺地摸摸自己的頭髮，二十多年的風霜，已使一個少年子弟江湖老了。我默默站在那裡，真希望看到小樓一角透出的燈光，想想那坐在燈下的我。

我從一條寂靜的街，轉到另一條沉默的巷，後來又轉回車站廣場。選了一個露攤坐下來，灶上的虱目魚粥正冒著熱氣，我要了一碗，又燙了一盤魷魚，來了一瓶啤酒。戴著西天一抹殘月，披著幾點晨星，在這個白天熙攘吵雜的廣場上，悠然開懷暢飲起來。漸漸地，天破曉了，遠處天邊鑲上一圈魚肚白，然後又滲出微紅，正忙著收碗筷的老闆娘轉過頭來，笑著對我說：「天光了。」

於是，我付了錢，沿著中山路向中山公園走去。公園就在我過去的學校旁邊，是我們放學後常去的地方。尤其是學校發成績單的日子，而成績單又點燃紅燈的時候，幾個同病相憐的同學就會在那山坡上躺上半天，沒有平時的嘯叫，只是沉默的躺著，心裡卻盤算怎樣把成績單送回家蓋章。

走進早晨的公園，景色彷彿依舊，只覺得比以前吵雜了些。早覺會的人在那裡鍛鍊身體，我走過那山坡的時候，看到一個身材微胖的中年婦人，正彎下身子做柔軟操，等她直起腰來，我覺得好像在那裡見過的。我突然記起那是Miss X。Miss X是當年我們給她起的名字。我們每天上學經過中山路的時候，都看到這個長髮披肩，長得很秀麗的小女孩，大概十五六歲，閒散地坐在她家門前，望著過往的行人。我們到學校升旗前，大家都會問一句：見到Miss X沒有？後來她結了婚，大家上學經過中山路的時候，再沒有看到她，心裡悵惘了好一陣子。沒有想到現在她也發福了。等我再回頭時，她正在和一個同伴說笑，我發現她竟鑲了滿嘴的銀牙。

穿過公園，我轉進椰林夾道的林業實驗所的植物園，這裡一直很幽靜的。我走下道路，在那濃密的樹林，踩著二十多年前同樣的樹上落下的枯葉，尋找那棵我曾用鉛筆刀刻劃的我「留級紀念」的樹。於是我面前又浮起那個戴眼鏡、嘴角掛著一絲不屑的圓圓的臉，那是一個曾教過我數學的老師的臉。我記得我從臺北考了學校回去，在路上遇到他，他看到我青油油的光頭，迷惑地說：「怎麼你還沒有當兵？」那時高中畢業如果沒考上學校，就要去受三個月的軍訓。我說我在等發榜，他說：「不必了，等也是白等。」後來我僥倖考上學校，又回到學校再遇到他，他問我：「你現在在那裡？」我告訴他：「在臺北一個大學裡找到一個工友，負責清理學校的草地。」他說：「這種工作對你很適合，能找到已經很不容易了。」我終於找到了那棵樹，刻在樹上的字跡已經不在，只留一圈斑疤。我記得我曾經在這棵樹下哭過的。

看著透過林蔭的朝陽，我想，我該回到學校去看看。離開了那裡二十多年了，我還沒有回去過山仔頂。我隨著推著腳踏車爬坡的同學，一齊擠進了校門，卻被看門的校工攔住了。我告訴他，我是這個學校二十多年前畢業的老學生，今天路過這裡，特別回來看看。他很不情願的放我進去，我悄悄地在學校裡轉了一個圈；想找那個殘破的游泳池。現在已經改建成教室了。在我留級的那段日子，在學校還是逞「英雄」的，過去不唸書而留級，現在留了級還是不唸書。不過，放學後乘人不注意的時候，就鑽進鐵絲網躲到這裡來讀書，在暮色蒼茫中時才回家，有大半年的時光，這裡成了我逃避的小天地，鑽進鐵絲網以後，就不會看到那些白眼和憐憫的目光。

走出校門，耀眼的陽光迎著我，這真是個難得的晴朗天氣。我想，現在東門市場胖老闆的肉羹該上市了。我該到那裡看看這位老朋友，喝他一碗香菇肉羹和土魠魚羹。現在正是土魠魚上市的季節。也許他已經不認得我這個兩鬢已斑的小朋友了。

趕考

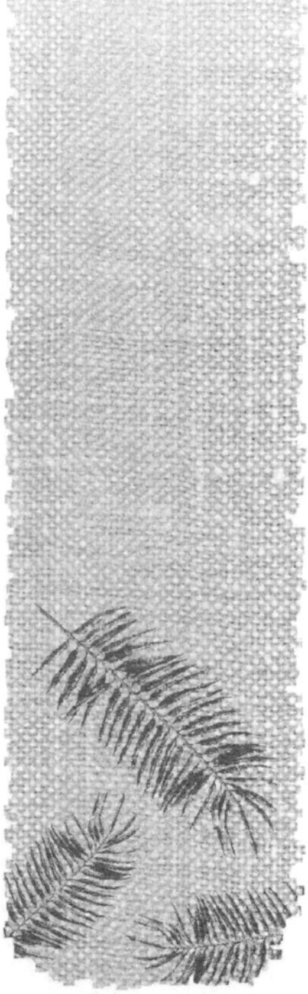

當初我為什麼會選讀歷史，說起來也是很偶然的。

高中我讀嘉義中學，大概在高二上學期，成績單發下來，只有歷史考得最好。考得最好也只有七十來分，其他的都是六十幾分，另外還有兩科掛紅的。拿到成績單心情非常沉重，真不知有何面目見江東父老——拿回去請父親驗明蓋章。於是，和幾個平時要好，如今又同病相憐的同學，騎車到了中山公園，躺在草地上，白眼翻藍天。突然，我一躍而起，自我解嘲地說：「我的歷史考得最好，他媽的，將來唸歷史好了。」

「將來唸歷史?!」談何容易，高中能否混畢業都是問題，誰知大學的門開向那裡？說這句大話，不知天高地厚。後來，好不容易勉強升上了高三，魯實先先生教我國文，有次發作文本子，他對我說，我可以唸歷史。因為唸歷史進可以攻哲學，退可以守文學。當時他正在為我們講劉知幾的《史通》自序，劉知幾出於彭城，彭城是我的故里。過去，我只知道我們那裡除了出皇帝和綠林外，還不知道竟出了個史學家。經他一說，我飄飄然，頗有「小子何敢讓也」的感覺。這些年來，我做《三國志》裴松之注和魏晉史學，多少和劉知幾有關。因為我認為劉知幾的史學批評在形式上出於《文心雕龍》，在實質上卻出於《三國志》裴注，而劉知幾對中國的史學批評，又以魏晉史學為版型。如果不以魏晉史學為基礎，就無法真正了解劉知幾。不過，這些都是後話。

後來，不出大家所意料，在畢業的時候，我終於留了級。在留級的那年，我表面上仍然像條漢子，滿不在乎，私底下卻頗「知恥近乎勇」。暗暗地三更燈火五更雞的讀了幾個月的書。我說暗暗地，就是連父母親也不知道，等他們睡了，偷偷爬起來，一面吸老樂園，一面「背」大代數。很勉強地，我這次真的畢業了，畢了業不論怎樣，在形式上總得考大學的。雖然，我對考大學絕無把握更無信心。不過，那時考大學都去臺北，一個久居南部的孩子，能利用這個機會到臺北一遊總是好的。臺北，三十八年五月，從基隆上岸後，在南昌街的屋簷下露一宿。後來，又因為犯了思想案子，被刑警先生押解去臺北，就直接進了號子，始終還未識真面目，這次當然不能放過。

那時還沒有聯考，青年人立志，也不必塡寫上百個志願，只有一校一個志願。不過，我當時的志願並不是想唸歷史，而是新聞。但政大尚未復校，大學還沒有新聞系。於是，請教大哥以後，我報考了「昨天的新聞就是今天的歷史」這一系。其實報考那一系都一樣，只是為了到臺北走一遭。

稟告父親早去臺北可以認識環境，安心作最後的準備。於是我就帶了一本四弟五年級的大全科，其中有不少歷史的人名和朝代的歷史事件的年代，和一張中國地圖，其上有紅藍鉛筆劃的記號，一本高級實驗英文法，另外幾件換洗的褲褂，一起裝在個帆布包裡，就這樣我去趕考了。

那時的臺北雖不似今日繁華，但比以中央噴水池為基點的嘉義熱鬧多了。晚上住在父親朋友家裡，白天就出去逛，到吃飯的時候，就去師範學院（師大前身）的餐廳，同學多打份「白飯」，買點小菜就解決了。那時師範學院的學生吃的公費米，很多窮同學都在那裡吃「白飯」。在考前的一段日子，我的確逛了不少地方，植物園、動物園、碧潭、電影街——當時我還不知道「西門町」這個名字。不過，新公園博物館大門的臺階卻是常坐的地方，坐在那裡可以一直看到火車站大門，街上的人來人往。有時買根枝仔冰吃罷，找個沒有太陽的柱子，躺在廊下午睡，薰風徐來，蟬詠繞耳，端的是夢裡不知身是客，一晌貪歡了。我著實過了一段很美好的鄉下人進城的日子。

臨考的那天，一早起身走出門，在街上轉了幾圈，竟不知坐那路車上考場。這幾天不該去的地方都去了，就是忘了到考場看座位。後來看到一群和我年紀上下，身穿白襯衫的擠一輛公車，我也跟著擠上去了。他們下車，我也跟著下車，竟然找到我的考場所在地——成功中學。我的考場在操場後面的一排房子裡，我的座位近窗邊。當年的考場不像如今聯考那麼警衛森嚴，考某一系都在一個考場，後面那排教室好像都是考歷史系的。主考的先生胖胖的戴了付眼鏡，坐在講臺上輕輕搖著扇子，狀至悠閒。一會工人送汽水，送冷毛巾，不似我們後來參加聯考監試，好像上戰場，考前十五分鐘就進入考場，把所有的門窗緊閉，開始發卷，如在火爐中。等鈴聲一響，考生進入考場，坐定後，又一個個相面，以防假冒，考試中不斷來回穿梭，似防小偷。考試臨終前五分鐘又將門窗緊閉，怕卷子從窗子飄然而去，考生起立，一張張收卷，一張張點數撕密封籤，然後清理戰場，準備考生們再進下一場戰鬥。偶爾在考試中走出教室在走廊裡透口氣，坐在樓下遠處監視的送考家長，就會通知警衛上樓來請我們進入教室，不要在那裡晃來晃去，以免沒有盡到監考的責任。因此，每輪到我監聯考，我就羨慕當年監我考試的那位先生。後來上了二年級，選了西洋近代史，才知道當日我的監考官竟是大名鼎鼎的張貴永教授。

監考的先生悠閒，我的心情也不緊張。因為，我本沒有抱必取的信心，當然，也不會患得患失，會答的就答，不會答的只有隨它去了。因為這不是學校考試，不會的時候，想點「其他」的辦法補救。而且左鄰右舍都是陌路人，更無法請求他們友善的援助。因此，每科考試我都有很多的時間，觀察其他考生的動態，尤其考數學的那一堂，我有更多時間，因為除了一題行列式，其他的都不會做。一百分鐘的時間做這一個題目，當然有很多的時間東張西望。好不容易等到下課，在交卷的時候，前面的那位考生卷子一飄，我發現他的那題行列式的答案是零，再看自己的答案卻是三，我毫不考慮地毅然將答案也改為了零。後來交卷出來，有人買了試題解答，我在旁一瞄，答案竟是三，結果我的數學就考了個我後來改的那個分數。

休息時間，大家都在互相討論得失，我是從南部來的，我讀的那個學校多是考理工和醫科的，在這個考場上只有我一人，就感到勢單力孤了。只有在一旁分享他們的歡樂和失悔，彷彿我是這場考戰的局外人。有位仁兄注意到我，問道：「考得怎麼樣？」「不怎麼樣。」我笑笑說：「那麼，你呢？」「題目簡單得很，別的不好算，單數學一科就有九十分。」說著說著他得意地笑了起來，我望著他一臉得意的笑，又望望廊外當空的驕陽，這真是一個烤人的熱天。不過，我進了學校始終沒有看見那張得意的笑臉。

終於到了尾聲，最後一堂考三民主義。當時，三民主義是一門新課，我上高一的時候沒有增這門課，因為留了一級，剛好趕上。自己沒上過這門課，也沒有教科書，所以看的是原書。也許那時程度太淺，讀了也不甚了了。好在初次增考這一科，題目只是幾十道是非題，會與不會，不出十五分鐘就劃完了。題目劃完之後，我已有了上次的經驗，再不東張西望了。只是望著窗外一地樹蔭在搖晃著，晃著晃著我便伏案入睡了。不知睡了多久，突然被手指敲叩我課桌的篤篤聲驚醒，我猛抬頭，看見監考先生正站在我桌旁，他那鏡片後的眼睛，正注視著我流在試卷上的口水，同時我也發現有些考生正在注視著我。我於是匆匆套了鋼筆，將卷子交給監考的先生，低著頭匆匆走出教室。身後似乎飄著一陣低低的竊笑聲。我想這次大概睡得很熟，呼聲也很高。

就這樣我結束了十天的臺北之旅，又回到家裡。大家關心地問我考得怎麼樣，我只是無可奈何的笑笑，到發榜的前一天夜裡，鄰人來我家，告訴我，剛剛在收音機裡好像聽到我的名字，我不信，第二天一早，我跑到火車站買剛從臺南運來的《中華日報》，報上有我的名字，卻沒有我的姓，我還是不信……

沒有想到我竟這樣邁出了我的第一步，而又僥倖地走上這條歷史學徒的路。這是一條漫長寂寞的路。如今我還在這條路上繼續地走著，每當我跨出一步時，我都想，這還是我的第一步。

我

當年我考大學，還不興聯考，各校單獨招生。臺大的作文題，出了個〈我〉。

這的確是個很好的題目，既不落俗套，又不像〈我的家庭〉或〈我的志願〉那樣呆板，有很大的揮灑空間。所以，事隔多年，我還記得這個題目。不過，那時卻不這麼想，看到單獨的一個〈我〉，無依無靠孤獨地站在那裡，咬著筆桿想了幾個圈，不知如何落筆。不像師範學院出的那個〈文武合一論〉，只要說些偉大而不負責任的空話，就可成篇。那年頭我們都習慣說偉大的空話。只是我考的是師範學院的國文系，要用毛筆作答。許久沒有用毛筆了，拿起來有千斤重，寫了沒有兩行，就下課了。考國文系國文最低錄取標準是五十分，作文就佔五十分，我的作文掛零，理所當然就名在孫山外了。

不過，臺大卻僥倖取上了。可能就是那篇〈我〉。文章開篇之後，洋洋灑灑寫了一大篇。寫的什麼，當然已不復記。但結尾依稀記得，寫的是前一天夜裡洗澡，滿身抹了肥皂，身上起了許多小皂泡，皂泡在燈光下閃著五彩繽紛的顏色，但剎那間又破滅了。於是，我喊出：我在那裡？我在那裡！當時年稚幼嫩，語多文藝腔調，為賦新詞強說愁而已。

這些年每當自己迷失，尋找不到「我」時，就會想到這個題目。而且隨年事增長，發現這個「我」字，越來越複雜了。的確，世間最難了解，最難解釋的，可能就是這個「我」字了。因為我們往往白眼察人，青眼觀己。對別人觀察入微，如見秋毫之末，自己之失雖如車薪，卻視而不見。常言道責人寬，責己嚴，那不過是說說罷了。因為論人之時，常作苛刻不近情理的長篇大論批判。輪到敘己，則多所迴護。所謂「不識廬山真面目，只緣身在此山中」。我們常笑別人臉上抹了墨，豈不知自己鼻子早已塗了白。所以，我與「我」常常相互重疊，很難省察，如在正午陽光直射下，是看不到自己的影子的。

教書的生涯平淡平靜，但也有耐不住寂寞的時候。原該停留在書房的那個我，突然竟走了出去，不自覺地淪落在現實的喧囂裡。於是，我離開了「我」，最後甚至不知我在哪裡，這是非常可悲的事。幸好我及時拔腳，浮海而去。然後寄居於市井之中，自逐於紛紜之外。後來又遷居海濱，看青山聽濤聲。獨來獨往，有很多時間想到那個「我」，最後終於撿回那個幾乎失去的我，但已經有些滄桑了。這才發現「我」並不需要浮誇，而是再三思考後的自我肯定。經過自我肯定的「我」，才是真正的我。

因此，才發現自古以來的中國知識份子，都渴望有一座可供隱藏的山林。因為只有蟬蛻塵埃之中，自致山林之內，才真正有一個自省和冷靜思考的機會。然後那個塵封已久的「我」，又漸漸重現，這的確是一個可喜的經驗。雖然同樣也喊出：我在哪裡？但已和當初寫〈我〉時不可同日而語了。

於是，又回到自己的書齋，安靜地和古人為伍，雖然寂寞，卻並不孤獨。但長久侷促書齋之中，尤其在夜裡，常常望著自己在牆壁上的影子，不自覺地「我」也隨著巨大影子晃動而膨脹起來，逐漸出現權威的心態。所謂權威的心態，說話時滿嘴是我，提筆著文時，全篇都是「我認為」或「我以為」，卻不願意聽聽和自己不同意見或聲音。仔細想想這又何苦呢！因為我們所從事的工作，是最微卑的工作，不過是在過去的沙丘上，多添一把沙礫而已。豈能只肯定自己手中的沙礫，而否定浩瀚的沙海。

一路行來，不斷迷失，不斷尋覓，最後終於自我肯定中，尋找到那個真正屬於我的「我」，但驀然回首，卻又發現有我不見我，我在那裡？

初來的時候

我初來的時候，就住在這山邊的宿舍。宿舍前面是一片遼闊的稻田，後面的山坡是一片淒涼的墳場。一條清澈的小溪蜿蜒著自山坡流下，在細雨的日子裡，終日伴著山上竹林哀怨的調子，竊竊私語地經過我的窗前。

我常常歡喜沿著田間的蹊徑，隨著捉青蛙孩子們歡笑的腳步行走；有時我也乘著月色，在墳場荊棘叢中徘徊，摸著那爬滿青苔的墓碑，對著那些被遺忘的人們，於是，「永恆」的概念開始在我的腦中迴旋，從這一點到那一點，到底那裡是始與終呢？也許就為了從一隻矛盾的網中，找尋一條可抽的絲，所以我才選定歷史，作為自己攻讀的科系。我曾天真地想過，可能這樣在來去匆匆之間，我會尋到一個固定的點。可是這問題到現在還沒有找到答案。

在過去四年裡，我曾作為過去歷史舞臺下的一員觀眾，看過許多幕歷史名劇上演，然後曲終人散，留下無限的沉寂。如果那是一場音樂演奏會，那麼，它的節目永遠是這樣排定的：在貝多芬的《英雄交響曲》之後，便緊跟著柴可夫斯基的《悲愴交響樂》。所以那群白髮蒼蒼，頭頂在太陽下發亮的老教授，曾一再警告我們，要我們做一個忠實的觀眾，不要做一個戲劇的批評家。也許他們曾經從這條路上走過，因此，從他們的經驗裡，給我們留下了一個結論。不過，我總覺得一個觀眾所得到的印象，只是讚美，同情，感嘆和流淚；一個劇評家卻能在不同的角度裡，尋找出一幕戲劇發生的原因和結果。這是我初來時的見解，而到現在還一直保留的觀念。也許因為我不願意荒蕪自己的田地，而去耕耘別人的莊稼，所以只落得一片空虛。

有時，我愛獨坐在田邊的草地上，凝視著日落後天邊一抹暈紅的餘暉，然後一層薄薄的暮靄悄悄升起，蝙蝠在低垂的禾苗上飛翔。夜隨著漸漸濃凝的霧覆蓋下來，對面宿舍的燈光，一盞盞從霧裡跳躍出來，在霧的幕幃籠罩下，最後那宿舍只剩下一個朦朧的影子，彷彿像一艘迷航的船，飄泊在夜晚的海洋上。這船上卻載著許多從不同地方來的青年乘客，他們在船上相遇，但等到達港口後，又向不同的地方奔去。現在我們所乘的船漸漸靠岸了，大家都忙著整理自己的行囊，同時又互相祝福，互相握手道別。

從街上取了「方帽子」的照片回來，我心中便浮起一陣茫然若失的感覺，就像那照片上嘴邊掛的一絲微笑一樣茫然。的確，四年過了，悄悄地，像窗前的溪水滑過指縫，除去一點涼意外，再也沒有留下一絲痕跡。我還是我，和四年前初來時的我一樣。現在我才了解，為什麼在近些日子裡，老愛倚著樓欄，眺望著那片稻田。田裡的稻子快茁穗了，來到這裡以後，我已經看過七次播種和收割了，可是這次卻有不同的感覺。也許因為在過去的四年裡，我沒有播下一顆種子，所以不能祈求土地回給我無盡的收穫。

不知道人類的生活是否有一個相同的軌跡？我們的步履是不是也會印在前人留下的蹤跡上？這是一個問題，現在這個問題又開始在我腦中旋迴了。

摸魚

當過兵的人，都知道摸魚的意思。當年我入伍當兵，不僅摸魚，還被人稱是魚背上摸魚的人。但魚不能硬摸，硬摸會摸到螃蟹夾手。而且也不能摸同學的魚，這樣損人利益的事，不合江湖道義。

入伍前夕，父親像往常一樣，在寒暑假結束，回學校上課時，照例要有一番訓誡。我將簡單的行囊收拾妥當，靜靜坐在那裡，等待聽訓。當時母親臥病在床，父親將廚房的事料理罷了，回到客廳啜了口茶，然後說：「像你這種生活散漫，做事不按章法的人，最好送到部隊裡訓訓管管，也好知道什麼叫紀律，什麼叫規矩。」

我照例低著頭，沉默不語，心想這些年讀書，留級、退學、甚至開除，後來更因所謂「白色的恐怖」在裡面蹲過些時日，著實讓父親操了不少心。現在好歹大學畢業，以後踏入社會，一切都要靠自己了。但踏進社會這個辭，對我來說是非常陌生的。自己讀書已經不順當，將來踏入社會，可能更是苦海無邊，不知如何翻騰。現在社會翻騰了這麼多年，已經退下陣來，回想過往單槍匹馬，獨戰獨鬥，真是苦不堪言。

因此，想想去當兩年兵也好，在真的踏進社會前，有個緩衝，可以仔細思量一下，將來真的「踏進社會」，做些什麼營生。於是我就慷慨入營了，決定投入革命的熔爐，洗面革新，立志鍛練成一個時代的革命青年。剛入伍是個二兵，每月薪水是新臺幣十八塊，除了剃頭、洗衣，七除八扣後，領到竟是枚五毛的郵票。這張郵票剛夠給女朋友寫封信的。不過，在軍中一切都安排妥當，吃的住的，行的睡的一切都有規定，只要不用思想，嚴守紀律就行了。

只是也有不習慣的地方，就是要把路上乾乾淨淨的鵝卵石，一再洗涮。還有就是將睡過的被子疊成豆腐干狀，這個工作我實在不會做，只好請同學替我疊妥，噴水夾板，每晚臨睡送到內務箱，自己光身挺睡，直到十二月的天氣。這些磨人的工夫，美其名曰鐵的紀律。每天吃罷午飯，值星班長哨子一吹，就得肅靜上床，雖了無睡意，也得躺在鋪上，翻眼看屋頂的樑柱。一天午睡時間，一位在海軍讀書的兒時玩伴，從老遠的左營來看我，我只能默默躺著，看著他白色制服身影，從窗外幌過。

21 摸魚

這種鐵的紀律實在沒有人味，無法忍受，必須另謀生路。於是，我就放棄做革命青年的豪邁志向，下海摸魚了。幸好我在學校歡喜舞文弄墨，編過幾份雜誌，習得薄技在身，最後機會終於來了，壁報比賽我被選出來主編，我向指導員報告，編壁報必須組織編輯委員會。於是組成十五人的編委會，不必出操晚點，一紙一筆營中無有，必須到鳳山市上選購，每次兩人，由主編開具外出單上報，經過兩個星期十五人的通力合作，壁報終於編出來了，只有一張桌面那麼大，指導員看了，哼了一聲轉身走了。

這個場面非常尷尬，事後獨自思量，這種小魚不能摸，要摸就得撈大魚。於是我們幾個哥們計議以後，向總隊上了個報告，說革命青年在革命熔爐裡，竟然沒有自己革命的讀物，因此建議創辦一份營區的報紙。建議被採納，創辦了一份《預官青年》。由我負責主編，每月一期。報紙在高雄印刷，我得經常跑印刷廠，往往自己填妥七時至二十三時的外出單子，就掛外出證出營了。起初是一種新奇的經驗，印刷廠的校對工作告一個段落，就在街上閒溜，像隻離開家門的小狗，對什麼都充滿好奇。後來卻感到非常無聊，覺得不如星期日例假，大伙聚在光復戲院門前，等電影開場來得有趣。也許生活就是這樣，劃定了圈子卻想往圈子外面跑，一旦突破了圈子走了出來，反而覺得無趣了。

不過，摸魚也有摸魚之道，切忌摸同學的魚，如扛七五無後座炮，挖土擔土等的重活是不能摸的，必須大家同甘共苦。一天早點名，值星官喚我出列，問我的槍到那裡去了，我回答：「在槍架上。」值星官命令我將槍取來，我跑步回營房，又跑步回來：「報告，槍不見了。」值星官將手裡拿著一枝槍傳遞給我說：「看看，這槍還管用嗎！」我拉開扳機，從槍管觀看槍膛，裡面竟長滿鏽。結果罰兩個禮拜的禁足，派到廚房監廚，一個小時向值星班長報到一次。不過，同學都調侃我，說我那次出列，接槍的動作非常標準。

摸魚也是有風險的，但風險責任必須自負，我是帶了四個星期沒有服完的禁足，從鳳山灣仔頭到臺北復興崗報到的。

23
攻佔 714 高地

凡是在鳳山灣仔頭受過訓的人，都會記得在步校後面教訓場那片丘陵地上，有座隆起的小丘，就是７１４小高地。其實小丘不大，只是個大土堆，其上叢生著相思樹和雜草，只是頂上一塊土地光禿禿的，被我們革命的腳步踩出來的。其名為７１４，是海拔的標高，稱其為小，因為面積不大，只能容下一班人，兩挺機槍，但卻能守望半個丘陵地。

革命教育要文武兼修，術德並備，至於能不能將人鍛鍊成鋼，卻是另一碼事。往往是文科在講堂，術科在操場，在炎炎烈日下完成操場上的基本教訓後，剩下的時間就消磨在那片丘陵上了，但７１４小高地卻是主要的目標。

在講堂上課，雖免了日晒雨淋，但卻是十分無聊。教官在講臺講得口沫橫飛，千言萬語，歸納起來只有八個字：「擁護領袖，反攻大陸。」這八個字的總結，還是我後來下部隊，隊上的弟兄教我的。隊上的弟兄都是老兵，他們說政治課不要上了，講來講去離不了那八個字，他們牢牢記住就行了。部隊駐外防，隊長最大我第二，我說了就算，就將政治課免了。但卻不能讓他們閒著，閒著就鬧事。於是帶他們下海潛水，標魚抓蟹採淡菜，回來白水煮海鮮，喝福壽酒。後來「八二三」炮戰，派到艦艇上的弟兄回來說炮聲一響，他們連那八個字也忘了，只想著他打不死我，我就打死他。也許這就是戰爭，真正的戰爭。

不過，在講堂上課，也有樂趣，對教官講的可以充耳不聞，或神遊太虛，或夢見周公。不然將上面發的橡皮切成小方塊，點上紅藍的點子，和鄰座擲著玩，擲到最後也感到無味，再將領章取下，在桌子底下磨來磨去，將領章磨得剔明淨亮，但領章上的幾個字卻被磨平了。最後只好見周公了。但見周公也得有個方法，就是將講義疊起來托著下巴，這樣入睡頭不會左右搖動，軀體卻可保持平衡，作專心聽講狀。這是講義的另一個妙用。

講義既用偷睡，與考試無關。考試用的是非題，就非常方便了。先在試題紙上，完全劃出減號，然後在不同的地方加上一豎成為加號，連題目也不用看，兩三分鐘就成了，剩下的時間可以玄想，得的分數不高，都是個丙，已經很夠了。至於寫心得報告，也有一定格式，不論前面如何胡言亂語，最後的結語都落在：「擁護領袖，反攻大陸，完成第三期國民革命的神聖任務。」不過，到現在事隔四十年，不僅第三期的神聖任務沒有完成，我還不知第一與第二期的神聖任務是什麼，完成了沒有？

講堂的課雖然無聊，但我上的課卻不多，都被我「摸」掉了。我歡喜的還是打野外。不論軍營如何整齊清潔，總給人一種刻板冷漠的感覺。不如後山的丘陵地，有綠樹藍天，鳥語蟬詠，一陣薰風吹過，使人氣爽。偶爾還可以看見在田間工作戴著斗笠，全身裹得密密實實的村姑，也令人神往。每日午睡方醒，值星官哨音一落，接著喊道：「帶膠盔、戰鬥綁腿、圖板、小板凳，五分鐘集合。」隊伍整理好，然後一聲口令：「向右轉，目標７１４小高地，前進！」

野外操練，許多的課程都在７１４小高地附近進行。而且７１４小高地成了攻防的主要目標，翻上滾下對這裡的地形地物瞭若指掌，一草一木都非常熟悉。不過，我還是被困在７１４小高地上，那是地圖判讀課的野外尋椿。我既不會看地圖，更不會用指北針。手中執此二物，四顧茫然，在一片廣漠稠密的甘蔗田中尋椿，真是大海撈針。同學們測定方位後，紛紛下山尋椿了。剩下我蹲在山上的相思林蔭下，最後終於找到一位同學所尋的椿與我相同。於是，我們相擁走下坡來，沒入甘蔗田中，他去尋椿，我坐在田埂上等待，順手折了根甘蔗，抽出刺刀削去蔗皮，他尋椿回來已是全身是汗，我們同坐共嚼。晚風徐來，已是夕陽西下了。

班教練，排攻擊的目標都是714小高地。一次夜間教育的教程是攻佔714小高地，教官講解以後，我們的隊伍散開，開始攻擊，我在草叢中匍匐前進，爬到半腰實在太累，伸了個懶腰，裁判的教官走過來，給我一張紙片，說我已經「陣亡」了。於是我攜槍下山，坐在路旁等待，發現已坐在那裡的同學不少，才知道今夜戰況激烈，傷亡非常慘重。

我們坐在那裡休息等待，隱隱地看見爬近山頂的同學，槍口上了刺刀，接著是幾聲爆炸，緊接著又是一陣嘿嘿的殺聲，那是在拚刺刀了。最後終於攻佔了714小高地，我舉目四望，四野寂寂，草樹間閃著幾點螢火，還有一天繁星，今夜星光真燦爛。

27
為官不難

為官不難

那年準備去香港教書，臨行前，對臺北飲食作一次暫別的巡禮。我們去羽毛球館附近巷子裡的王家小館吃早點。王家小館是湖北館子，早上有豆絲、粢粑、麵窩可吃。進得店來，發現我陽明山受訓時的班主任李先生，獨據一座位靜靜品嘗他家鄉的俚味。於是，我走過去向他問安，並笑著說：「報告主任，畢業一年多，也沒有等到個一官半職，現在我要走了，到香港去教書。」李先生聞言大笑，站起來拍拍我的肩膀：「耀東，你也不是做官的人！」

不是做官的人，就是說我不是做官的材料。山中三月，陽明峭寒，但天天泡溫泉，大家袒裎相向，卻是很溫暖的。然後在我寢室裡的壁櫥，留下十幾個空酒瓶，就結業下山了。據說這次受訓的目的已明確地貼在教室的牆壁上：「中興以人材為本」，為了培訓黨和國家的領導人。事實也是如此，如今還有些人仍在政壇上翻雲覆雨，唯獨我一路走來，陽春到底，落得個清閒。

其實，我也是能做官的，而且也做過官。當年下部隊做的是少尉政工官，後來又代理指導官，都是以官為名，是真正的革命軍官。接到分發令，就將臉盆和漱洗用具，以及一些簡單的衣物，裝在網袋裡，即刻登程，乘車南下高雄。出得站來，已有人等待，站外排著一列吉甫車，指著一部叫我登車，也沒有言語，就急駛而去。我心中很不是味道，不知當年下南洋賣豬仔是不是這樣，真的是前途難卜了。服役的單位是海軍，在左營軍區。到了單位，分得一床，領來被褥鋪妥，獨坐床沿，也沒人答理，甚是孤單。

但不知為什麼，身在海軍，每天早晨全體官兵卻得練劈刺。劈刺這門工夫，入伍訓練時是有的。但都被我「摸」掉了，如何端槍出槍，全不會，只好說沒有學過。而且剛報到還沒有換裝，一襲草綠色軍便服，雜在筆挺的海軍制服之間，像鴨子混在天鵝群裡。於是，我向隊部申請歸建。因為我服役的第三中隊駐外防，現在澎湖的馬公海軍軍區。

到馬公隊部報到後，漸漸了解這個部隊的任務。這是一支特種部隊，負責艦艇海上航行的安全，隊上的官兵並不多，只有二三十人，很快就混熟了。隊部在眷區附近，沒有軍營的肅殺，倒有家居的溫馨。平時衣著隨便，夏天除了隊長穿一件圓領汗衫，全隊官兵都是赤膊短褲，很快我也入境隨俗了。不過，由於任務特殊，隊上沒有充員新兵，都是身經百戰受盡海上風浪的老兵。在部隊老兵最難帶，事實也是如此。在此以前，他們已趕走一個指導官，對現任的指導官也不滿意，隨時準備為他捲鋪蓋，送回左營總大隊部去，他們後來真這樣做了。左營也不再派人，一紙命令，命我代理指導官。

隊上留守的官兵，不是病號，就是彷艦待命另派上船的，他們都該休息或休養。因此，我向隊長建議早點晚點可以免了，至於讀訓或上政治課，他們興趣缺缺，課程暫停，等年度政治大考時，我再給他們惡補。我還為他們上過一堂衛生課，教他們如何用保險套，他們聽了大笑，說我沒有實際經驗，也免了。在部隊弟兄們閒著會生事鬧事的。於是，在風季就聚在鋪上打百分，賭的是「七七」軍煙。夏天就帶他們下海潛水鏢魚，大家生活無間，過得非常愉快。弟兄們都說我不像個預官，倒像個和他們一樣的職業軍人，懂得他們想啥。隊長見我和弟兄相處甚得，也很高興，我們常在夜裡到附近小飲食店喝酒。風季裡運輸斷了，香煙不能來，我們常在地上撿香煙蒂，剝出的煙絲和麻油數滴焙烤，捲食救急。

我代理指導官後，搬進指導官的單人寢室，也是我的辦公室，配有政治戰士與傳令兵各一人。政治戰士的年紀比我大些，浙江人，天冷的時候，我還高臥未起，擁被而坐，他便坐在桌前將前一天來的公文，一件件讀給我聽，然後我說：「你批。」等起身後再在他批過的公文上，寫個「如擬」或「存查」等字樣。這時傳令兵已將洗臉水備好，茶沏妥，然後問道：「報告政工官，吃鹹的，還是甜的？」因為早餐時間已過，他為我留下的饅頭切片，在自備的小碳爐煎妥在上面灑鹽或灑糖，他煎的饅頭片是一絕，外脆內軟表面金黃而不見油星。傳令兵近五十歲，安徽人，臉上老一抹笑容，對他的生活非常滿足。後來天氣熱了，他們又在部隊後面山洞裡扯了一盞電燈，安妥辦公桌，讓我在那裡消暑讀書。

我退役的時候，部隊已移防基隆軍區，伙房備了幾桌菜為我送行。我端起一大碗酒，一飲而盡，然後說：「離此以後，我再沒有這樣的日子了，哈！這一年的官幹得不錯。」是時，基隆正是雨季，窗外有滂沱的雨。

海上的人們

被分發到這裡——澎湖，一下飛機便有風雨迎接著。當我乘車來防地時，經過那些黃沙的高地。舉目四望，在遼闊的田野上，竟沒有一棵樹，只有挺直的高粱，搖晃在風雨中。再往遠處看，碧海湧起的白浪，一堆堆向岸邊的岩石撲來。現在，我是來到一個陌生的地方，開始一種陌生的生活。

住定之後，我開始在島上的第一次漫步。面對著黃昏的軍港，港裡的水是那樣平靜，晚霞染紅了半邊天，倒映在海港裡，海水也跟著浮起一層淡淡的暈紅。漸漸地，對港的燈火，一盞盞自暮色蒼茫中跳躍而出，長長的燈影，搖曳在海面上，濤聲雜著水兵們豪爽的笑，和艦船出港時寂寞的笛聲……

只是匆匆一瞥，我彷彿對這島已經有了深刻的了解，這個島給人兩種感覺，已將南方的海洋的浪漫氣氛，和北方黃沙的粗獷情調混合在一起。

「世路如今已慣，此心到處悠然。」經過一年的軍旅生活，使我更愛上這兩句〈西江月〉了。的確，一個輕便的行李捲，一隻裝有臉盆的線網袋，只要命令一下，隨時可行，隨處可居。

到這裡不久，我便和兄弟們熟悉起來，他們都來自海上，海洋是他們的生活天地，到這裡來不過是暫時歇腳。他們都懷念著另一塊更廣闊的土地，那裡是他們生長的地方，他們常常將他們的船，巡弋在那塊土地的邊沿上。

從他們黝黑而壯健的身體，從他們額上海浪似的皺紋，從他們嘴角上所浮的那不經心的微笑，我彷彿可以聞到海洋生活的痕跡。我愛聽他們用低沉的調子，敘說那些發生在海洋上的故事。

他們在海上的生活是壯麗的，可是在這過腳站上的生活，卻是平靜的。每當月圓的時節，我很愛隨他們跣足下海，在海潮落去後的珊瑚礁上，翻動著每塊被海水沖刷過的石頭，尋找那些附生在上面的海蠣、淡菜、干貝，和一些躲在沙石中間的海蟹，裝在用繩子紮緊的袋裡帶回來。煮熟後倒在臉盆裡，大家都圍攏在一起，蹲在皎潔的月光下，一面剝著蟹螯，一面舉起大碗的酒痛飲。他們的舉動是那樣豪放，他們的戲謔中充滿了天真的智慧……

於是我們懷疑那些自命為海洋作家和詩人的人們，他們到底是怎樣躲在屋裡，編織他們海上浪漫的夢？可是現在我聽到的海洋故事，卻是悲壯和瑰麗的；那裡有永遠不停息的海濤，在海濤裡有孤獨航行的路，在船上有人沉默的工作與戰鬥。那裡沒有人拉小提琴、彈吉他，也沒有人編一隻多彩的夢。

隨著前方戰鬥的訊息，這群來自海上的人們，又興奮勇敢的回到海上去了。現在又是月圓的時候，我常常在深夜，腰間裡繫著手槍，帶著幾個穿白服的水兵，踩蹬在碼頭上，注視著沉靜的港口。海港在月光下的確很美，沒有風，沒有浪，平滑得像一面發光的鏡子。我不斷用眼睛搜索著海港盡頭那低低的山巒。每當訊號臺的燈號掃過海面，便有一對航行燈自遙遠的港外慢慢移近，一紅一綠的燈影在海上浮動著。於是我心也隨著浮起一種難以形容的感情；也許在這船上，又帶回那群海上的兄弟們，他們將會向我講述這次在海上遇到的故事。

揮手

他向我輕輕地揮一揮手，像是想揮去那天邊掩著月亮的浮雲，再也沒有回轉頭來，他終於悄悄地去了。

接到晟元的信，更證實這不幸的消息。他是一個活著沉默，但卻死得勇敢的人。

在我們入伍訓練第一次打靶射擊時，我們共射一個靶位，我是他的導師兼裝彈手；我從那瞄準的覘孔裡，可以清晰地窺視到他的眼睛，那是一隻又黑又大的眼睛，彷彿一汪深潭，裡面隱藏著太豐富的感情，濃厚的憂鬱，和沉默的智慧。這的確是一雙令人難以了解的眼睛，像夜空裡的星辰閃爍著寂寞的光芒。

在大學裡他唸的是哲學，我讀的是歷史；我們同在一個文學院大門裡出進四年，而且還在同一教室還過課，但我們每次見面都是漠然而過。也許那時我們都忙著在宇宙的空間和時間上，尋找著一個可以落腳的點，而忽略了周圍的一切存在。沒有想到在畢業後半年入伍訓練裡，我們竟會編到同一個隊上，而且又坐在同一張課桌上。在半年的時間裡，我們曾射擊同一個靶位，我們在同一個散兵坑裡向假想的敵人作戰，我們曾在夜裡把槍上了刺刀，向同一個山頭搜索……

在一天晚上飯後空閒的時間裡，我在福利社買到一瓶酒，他也買了些花生米和豆腐干，我們躲在僻靜的樹蔭下，手握酒瓶輪流飲著，竟忘記上自修的時間，結果被罰星期天禁足，而且還得上山掘防空壕。當星期天別人都出去，我們兩人卻扛著圓鍬上山，在寂靜的山頭上，僅有我們兩個打著赤膊挖土，我看著他在烈日下流汗的臉，後來又聽見他在竊笑，我問他笑什麼？他說：「如果這是為自己挖的，那才有意思呢，人就是這樣蠢。」

他就像天邊的長虹一樣，使人難以捉摸和了解。在我們入伍訓練結束時，他竟拒絕分發到某科兵種，而請上級調派到步兵去，他說這樣可以和敵人更接近些。我們分手的時候，正是大年除夕的前一天，他謝絕到我家過年的邀請，他說：「我已流浪慣了，年對我沒有什麼意義。」接著他從口袋裡摸出一小瓶高粱酒，握著我的手說：「喝完這一瓶，就算我們在一塊過年了。」

三月杜鵑花開放的時候，他突然來到復興崗找我，我看見他的臉泛著黝黑的紅光，眼睛裡發射著興奮的光芒，領上佩著兩枝槍的領章，心裡有說不出的喜悅。他說他請求調到最前線的命令已經批准了，這次從南部趕來候船，並且特地向我辭行。那天晚上，我們坐在荷池旁的亭子裡，談到很晚，最後他深沉地說：

「也許你會了解，很多人說我躲避現實，現在我卻走到最接近現實的地方去。在這個世界裡我已經看得太多，想得太多，可是你知道我並不是個懦弱的人……」我握緊他的手，找不出一句話安慰他。我們一直談到深夜，才送他出去。在寂靜的馬路上只有一雙瘦長的影子移動著。當我們在一盞路燈下分手的時候，他揶揄地說：「這次我到前方去，把《茵夢湖》和《浮士德》都帶了，可見我對愛情和青春還是珍惜的。」

他去了。在最近一場激烈的炮戰中，他勇敢地獻出了他的生命。他愛人生、愛世人、愛他的愛情。用他年輕的鮮血，將它塗抹得更光輝、更燦爛……。

在深夜裡，在我戍守的島上，海風緊撲著我的窗扉，我兀坐在孤燈下，隔著眼眶裡迷濛的淚水——我彷彿可以看見——那在遙遠路的盡頭向我告別的揮手。

醉臥馬山

炮擊乍歇，我就帶著幾分微醺，披著滿天的繁星，乘車穿過刁斗森嚴的戰地，來到第一線的馬山坑道，體驗真正戰鬥的夜。

八二三炮戰時，我正在馬公海軍軍區服役，看港內運補的船團隨時升火待發，聽搶灘歸來的弟兄們敘說料羅灣炮火濺起的浪花。我曾在黃昏裡，焦急等待二二四拖著重創的二〇二緩緩進港。我曾在深夜，照料一〇四英勇戰罷歸來，前舺板的一幅巨大的國旗下，覆蓋著把生命獻給戰鬥的兄弟們。裹創的弟兄們都仍然佇立在戰備的位置上，向迎接他們的長官敬禮，感動得白髮將軍熱淚盈眶。……雖然，我生活在戰鬥的第二線，卻也感染了戰鬥的氣氛，體驗到在戰爭裡人生悲壯與嚴肅的一面。隨著戰鬥的持續，我時時懸念著這座每一寸土地都被炮火翻過的，孤懸海外的孤島。對於這個島，我有太濃厚的戰鬥感情。

　　現在，我終於來了。但我最初接觸的，卻是初春溫暖陽光照耀著的紅色山崗。和山崗上叢叢蔥綠的樹林，給我一種明亮，寧靜的感覺。

　　寧靜，這裡的確是寧靜的。當我的座車在平坦整潔的公路上行駛，防風林外是青青的油菜田。油菜田裡茁長的金黃的菜花隨風搖曳，田間有幾個正在彎腰除草的農人，田埂間散著三五啃草的牛羊。不遠的山坡邊，有幾幢屋簷朝天的古樸農舍，門前聚著幾個曝陽的村婦閒話家常。如果不是經過偶爾出現的戰防網覆著的碉堡，碉堡荷槍敬禮的戰士，誰也不會想到戰爭就在我們身旁。

　　是的，這是戰地，這是在風雨裡寧靜的戰地。尤其我登上古寧頭，眺望海邊鐵絲網圍繞的一片遼闊的紅色土地，紅色的沙土被金色的斜陽，塗染成永恆沉默的紫色。就在這塊紅色的土地上，每一寸土地都被英勇戰士的鮮血灌溉過。一陣迎面的海風，翻動了散在紫色沙灘上幾株蘆草的白髮。風淒淒，海浪輕輕敲著寂寞的沙岸。於是，我也掉在歷史的沉默裡了。

　　穿過麻黃松的夾道，繞過啤酒瓶點綴的花壇，進入坑道，就是馬山第一線了。再走出坑道爬上蔽體，迎面是一灣平靜的海，海的那邊是一串朦朧的青山，青山外有幾點白帆。我很難說出當時的感情，一陣童年隨著風箏飄過青青麥苗田野的歡笑，在撲面而來的海風裡凝結了。那是熟悉的，彷彿那麼陌生，又那麼遙遠。是的，看那遙遠的一線白浪翻岸，這暖洋洋的初春午後，也變得寒冷了。

我說過，晚上我還要來的，現在我又來了。一閃電筒的白光，隨即飄來一串濃濁的四川鄉音：

「你哥子真來了，硬是要得。」

「酒，擺起來！」

「好，酒，擺起來。」

於是，剩餘的年貨，煎的年糕，後方送來的香腸、花生米……都端出來了。還有傾在玻璃杯裡，在白色的日光燈下透明似水晶的高粱。同志們都坐攏來，龍門陣擺起來，歡笑揚在坑道裡，海風留在門外。

「你哥子醉了？」

「沒有，再擺起！」

真的，我醉了，醉臥在第一線的坑道裡。醉臥在戰地裡，醉臥在濃醇的豪情，粗獷的笑聲裡。十四年的炮火彷彿也在我身旁燃起，燃燒著沒有月色的黑夜，炮彈的碎片爆亮一天的星。戰鬥在進行著，戰鬥在激烈地進行著，我卻嚷著：「我沒醉，我沒有醉……」，我真的醉了，醉臥在沙場上。

第二輯

又來的時候

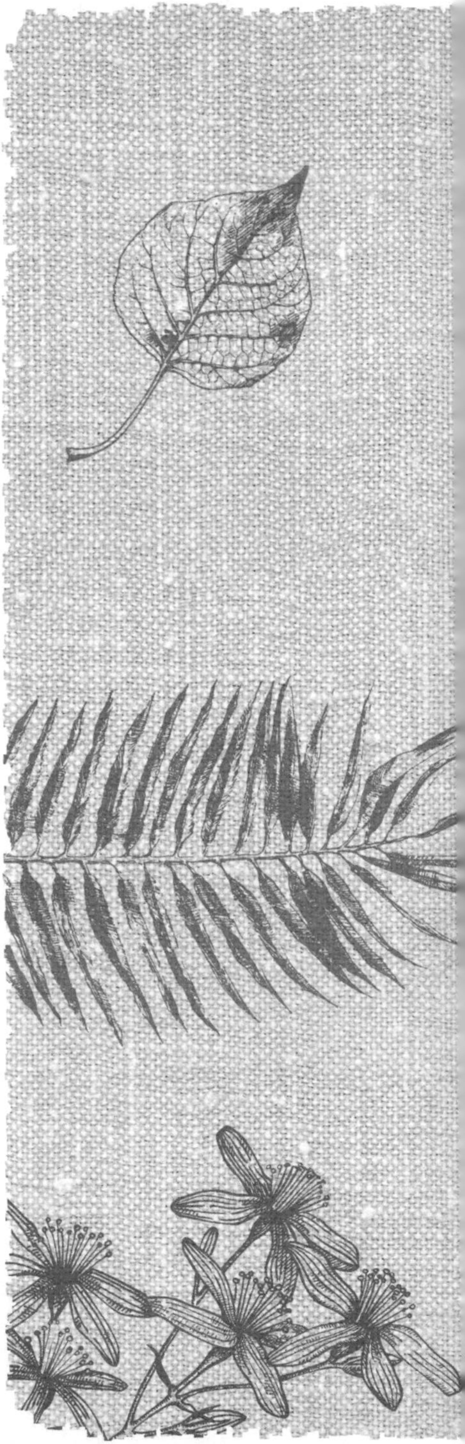

又來的時候

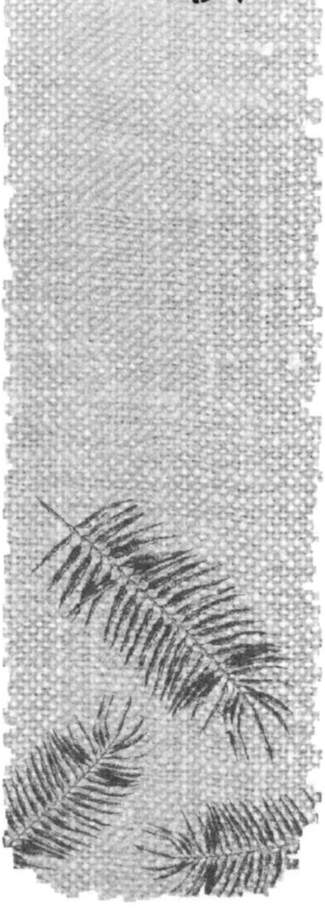

老黑：

你的〈往事憶趣〉，在《中副》發表後的第二天，我接到你到美國後的第一封信。信裡，希望我對你的文章，再來段狗尾續貂。但你已寫盡我們年少時，把酒瓶擲向藍天的豪情；吐出煙圈，又把煙圈吹散的惆悵。所以，我只有沉湎在你的「記趣」裡，追尋「往事」的歡樂，同時懷念著老友們的「花果飄零」，似乎沒有什麼可續的了。

是的，「花果飄零」，唐君毅先生常常用這句話，形容我們這一代的知識份子，無法在自己的土地上生根，繫留異域，最後終於花果飄零。這句話道盡我們這一代知識份子的悲哀。就像你所說，你、文石、正明、允達、仁堂分別散在美國、非洲、土耳其，真可說是天南地北了。但我們還有更多的朋友，正徘徊在巴黎的凱旋門，倫敦西敏寺，古羅馬的鬥獸場，日內瓦寧靜的湖濱；他們悵望著南太平洋失去的冬天，迷失在尼加拉的彩虹裡。過去，英國曾以「日不落國」而自豪；今天，我們也可以說一句，走遍天涯海角，都有我們的朋友。不過，每當我想到這句話時，總會有悲涼的感覺，因為這句話會使我聯想到，那個披掛了中古騎士夢，去和風車戰鬥的英雄，和他的鏽盾、斷矛、瘦馬、搖晃在西風裡的身影。

當然，這種悲涼的感覺，不僅是屬於我們個人的，同時也屬於這個時代，這個社會，這個苦難的祖國。每年到這個時候，就有一批新的騎士，準備整裝待發。他們像一群剛離巢的乳燕，懷著飛越重洋的雄心壯志，迫不及待地投向那春暖花香處。可是當他們振翼高飛後，就消逝在海天一色處，永遠不再回來。難道那裡永遠春暖花開嗎？現在你去了，當然會更了解。前些日子和你前後去美國的趙中孚，從哈佛來信說，在波士頓中心區，發現一處比臺北中央市場更髒的地方，心中為之大快。他又說，前幾年一個楞美國小子，在臺北曾攪起一陣風潮，其名曰「自覺運動」認為中國人公德心太差，比如說，公共汽車上不讓座婦孺之類行徑，殊非大國民應有風度，結果倒使臺北市民從此讓座成習。可是在美國，卻大不然，從舊金山到首善之區的波士頓，卻從沒見過一個大男人讓座給婦孺。有一次劍橋地下車裡，他讓座給一位老太太，她吃驚的程度，出人想像之外。看樣子從南北戰爭以後，早就不時興這種騎士風度了。結果滿車哈佛學生竊竊私語，大概認為他太不正常，他卻安之若素。最後他說：「救世軍不也是人當的嗎！」這使我想起過去鄭因百先生到美國講學，一次和楊聯陞先生對飲馬提尼，幌著杯中的橄欖，填下的那闋詞：「不必東張西望，人間那有天堂？中間隔個太平洋，到處都是一樣。」

雖然到處都是一樣，但這種類似當年美國淘金的狂濤，從這裡報載小兒小女在某地的結婚啟事看來，越來越澎湃了。所幸在我們做學生時，這般狂濤還沒有捲起，所以，我們可以在校園裡悠遊歲月，尋找屬於我們自己的生活，創造我們自己的生活情趣。但今天我們的後來者，已經沒有我們那樣幸運了。他們童年的天真，被過去的惡補剝奪了。少年的夢幻又被聯考壓碎。等他們進入大學，像早晨從籠子裡放出的雞雛，剛想搧動翅膀引吭高啼時，另一個叫「托福」的桎梏，又在那裡等待他們了。於是，那賸餘的一絲豪情，也被消磨殆盡。雖然他們現在看起來，要比我們當時「老成」多了。卻陷在「大家都去了」的漩渦裡，無法找到自己，這的確是非常可悲的。

因此，你的文章刊出後，至少在我現在所教的一群學生裡起了鬨。當我走進教室時，他們問長道短，似乎對我們那種他們現在所無法體驗的狂放生活，很感興趣。好在我上課時，還沒有扳過聖人面孔，否則，真的無法走向講臺了。我很佩服你網羅散失舊聞的本領，記得在我們大學畢業的時候，我曾在《中副》寫過一篇〈初來的時候〉，裡面似乎有幾句：「四年，像溪水滑過指間，除了一絲涼意外，再也沒有留下任何的痕跡。」但讀你的文章，卻使我又一次舊夢重溫。所以現在每次穿過文學院旁的那叢相思林，到後面新生大樓上課的時候，就會浮起劉國堅跳蹦的影子來，因為就是在這裡，他指出我走錯教室的。

記得他離臺返港的前夕，到宿舍找我，我不在，他給我留的條子裡有一句：「再相逢或將皓首」，同時又留下一把當票，附言說：「回就回，都是新的。」可是那時我的破手錶還躺在當舖裡呢！沒想到幾年後，我們卻又在香港聚首。那是因為他業務的關係，從吉隆坡飛到香港，我在頗像樣的餐館裡，為他洗塵。我們的吃相一似當年在宿舍裡，後來只好中餐西吃，每一樣菜都要了兩份。飯後餘興未了，人各握啤酒一瓶，坐在碼頭上，欣賞對海太平山下躍出黃昏的燈影，和霓虹燈染紅的維多利亞海峽。突然劉國堅高喊一聲：「老潘」，我轉頭去，看見熙攘的人群中，有一位西北的空中小姐，正昂首闊步走過，可是表情卻很漠然，也許她那時已叫曼麗絲，露易絲什麼的了，根本忘了自己的中國姓，算算年齡也該三十出頭了，仍然高來高去，風姿已不似當年飛在傅園裡的紫蝴蝶。

昨天，在東京大學跟扶雅夫讀博士的許極燉，讀了你的文章後，給我來了一封密密麻麻的郵簡，感慨萬端。他說：「畢業十年有半，既不通又不專，展望前程，更是茫然一片。畢業後，每為『求生』所困，輾轉南北混飯吃，想當年雄心萬丈，所結識無非王侯將相，叱吒風雲的英雄好漢。然而面對現實，不免一籌莫展。」當時許極燉在我們班上，該排到「聖人」之列的，但並不屬咱們「亡命」的一伙。但從畢業到現在，也頗經歷一段坎坷。記得那年，我在一家書店裡當門市部主任兼打雜的工友，到高屏地區收書帳，路經旗山，那時極燉正在他故鄉的一個中學裡教書。我們在街上不期而遇，相擁到小酒店買醉。當晚我留下了，下榻在一個小旅館裡，兩人躺在榻榻米上，相對無言，窗外蕉風送來一陣按摩人淒涼的笛韻，那時我們所譜的，卻不是你說的英雄交響樂，而是迷失的一代。

正像薛鳳生初到美國，給我的那封信上所說的：「我們有捧著豬頭，找不到廟門的悲哀。」的確，像咱們這一伙，一直被人視為《射雕英雄傳》裡，東邪北丐一流的人物，要做聖人，沒有那個份量；要做憤怒的一代，卻又沒有那個火候。徘徊在兩個極端之間，我們都經歷過迷失邊緣的掙扎。

回首十年，我也有太多的感慨。我曾在鄉下教過書，在城裡賣過書，也曾做過當舖的朝奉，可是一樣也沒有做好。在那段期間，不僅沒有想到將來，而且陶醉在一劍光寒十四州裡。只是一個很偶然的機會，我去了香港，開始重理「舊業」，如果說是重理，倒不如說從頭開始來得妥當些。因為這個「舊業」，在大學裡就從沒有「理」過。因此，才體會到青燈黃卷的生涯，是非常辛苦的。就像我在那裡的一位女同學所說，這麼小的一張桌子，怎麼坐得下你這麼大一個人。但既然已經坐下來，只好不坐也得坐了。就這樣我打著赤膊，一坐就是五年。

在這五年裡，由於我自我隔離，於是我被朋友們列入「失蹤」的人口；由於我接到信不覆，被朋友視為冷血。不過，我倒覺得如果真的是朋友，即使一輩子無隻字片紙，也是不思量而難忘。但不是朋友，那麼就是一日灑灑千言，也無法縮短彼此的距離。一次，在朋友家裡，與張治安相遇，我們互相數落彼此沒有人味以後，他還是跟我回家，時已夜半，敲開了小店的門，買了些鴨頭和鴨翅膀，一壺濃茶，一瓶金門高粱，在我的書房，打著赤膊，席地而坐，暢談終宵。天明，我們又轉到學校去清談，在清晨的校園漫步一周後，就坐在校門口的路邊狂聊起來，當時我只穿了一件汗背心。後來我們分手了，自此別後又是一年，彼此音訊不通，我想下次我們再見面時，又將是一陣互罵，然後再對酌暢談。朋友就是朋友，並沒有其他解釋的。

我常常這麼想，臺大四年，所培養我們「天地與我獨往來」的氣概，在我們掙扎在迷失的邊緣時，給我們平添了許多的勇氣。我們都不是交遊滿天下的人物字號，所以我們不會有「座上客常滿，杯中酒不空」的場面，就像我現在一樣，真可說是隱於市井之間。過著「門雖設而常關」的生活。雖然獨來獨往，但並不孤獨，因為畢竟還有三數知己的影子，不時在我面前出現。

的確，我們也更該感謝歷史系的先生們。四年，他們並沒有教導我們喊空洞的口號，只默默灌輸給我們太豐富的民族感情。正像你所說，使我們遠在天涯海角，都能不亢不卑，堂堂正正做一個中國人。所以正明雖然娶了一位洋大嫂，仍然會說出「世世代代均為中國人」的豪語。於梨華雖然因「揚子江頭多憂鬱」，終於揚名美國文壇，但在她的字裡行間，仍然不時出現「又見棕櫚，又見棕櫚」的低喚。雖然許倬雲那本《中國上古社會史論》是用洋文寫的，但在扉頁上，仍然沒有忘記把這本書，獻給他祖國的人民。讀罷五千年的中國歷史，又面對著這個多難的祖國，的確有很多的事，使我們不能釋懷。正像趙中孚來信所說：「我從心底感到一個民族，如果缺乏最起碼的自信心，談什麼都是空的，這是一個民族文化延續的基本問題，半調子書生如我者，除了拼死抱定落葉歸根的殉道情操，回家與那個多難的國家共進退以外，要我終老此間，怕是不能的事！」因此，你可以了解，一次在香港輪渡上，一個和我同樣肌膚的人，用英語問我是日本人嗎？和一次歡迎一位去國不到三年，也算「歸國學人」的餐會上，他開口「我們美國」，閉口「我們美國」，我內心所迸發的憤怒，和目光中所流露的蔑視。同樣的，你也可以體會，許極燉給我寫信，落款「五卅（國恥）夜、于東大圖書館，對面正坐著一位洋人」時的心情，因為我們都是中國人，中國的知識份子而且讀的

49

又來的時候

又是中國歷史！

　　雖然我沒有走得太遠，而且又是在有百分之九十五中國人的香港，仍然有黃昏的迷惘，異鄉的愁悵，所以我回來了。這裡，雖然不是我們的故鄉，但卻是陳之藩說的：「我們的故國」。所以，你問我有意再出航否？我說，有！但卻不是現在。因為我覺得在國家高喊發展科學，在一批批新的騎士，像燈蛾投火似的飛去的時候，我們學歷史的留在這裡，似乎有很多的事可做。再說，我們這伙朋友都飄散了，這裡總該有個留守的人。

　　現在，我又來了，像一個海上漂泊的漁夫，又來到我們最初揚帆的地方。但舊時啟碇出海的伙伴，卻還逗留在海上沒有回來。不過，我相信你們會回來的，會穿過海上的風浪回來。所以，我在等待你們，等待你們回來，好讓我們一齊把酒瓶擲向藍空。

君子在樑上

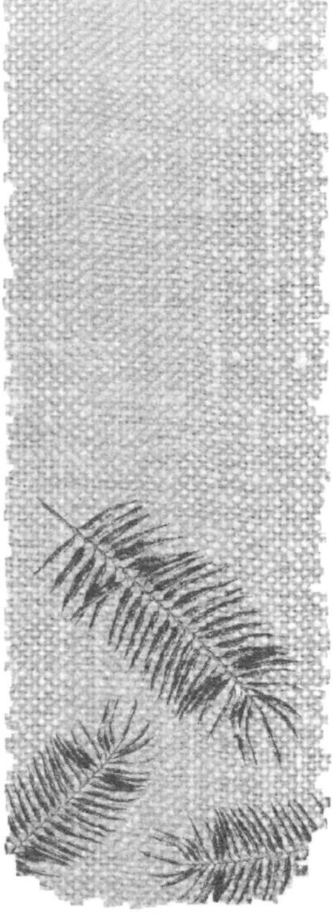

初回臺大教書，那時臺灣的社會經濟還沒有起飛，大家普遍都窮，我更艱窘。雖然我們已結婚數年，但夫妻卻天各一方，我窩在香港研究室裡青燈苦讀，她在臺北醫院上班，聚少離多，即使偶爾相聚，也沒有個落腳處。回來後，算是有個安定的工作，才開始建立自己的家。

所謂建立自己的家，只是在學校附近僻靜的陋巷之中，賃得一屋，屋不大，卻一樓一底，樓上置一床一桌，已無處旋身。樓下有藤椅四把，矮几一張，吃飯備課，都在這裡。白色的牆壁倒懸掛了溥心畬先生書寫立軸一幅，那是我在歷史博物館工作時，負責辦理溥先生的書畫展，他一時興起，為我書寫的，上寫著「鳥影寒塘靜，山光野境澈。」大概是王維的詩句。但我的居處並無山光鳥影的詩境，生活卻有光和澈的窘況。牆上除了這幅立軸點綴外，真的是家徒四壁了。

「家徒四壁」是一位樑上君子對我說的。當時年事尚輕，在備課之餘，深夜燈前獨坐，聽窗外的風聲雨聲，常會興起些家事國事的閒愁，將些感慨寫成文字，在報刊上發表，頗引起各方的共鳴。尤其一句「把酒瓶擲向藍空」，掀起不少青年人的豪情。也接到不少讀者的來信。

一日黃昏，正準備晚飯，忽聞有叩門之聲，奇怪我居陋巷之中，平時少有訪客，尤其在吃飯的時候。啟門，見門首立著一個陌生人。問他有何貴幹？他說他是個小偷，有事請教。既是小偷，又有事相詢，非同小可。於是，請他進屋，奉茶，臨時炒雞蛋一盤，留他晚飯。

飯中，我們以茶代酒，聊了起來。他面目清秀而黎黑，稍有風塵卻頗斯文。他說他曾來我們家拜訪過。不過，上次是在夜裡，而且是從窗子進來的。發現我們「家徒四壁」，無甚可取，也不忍有所取。並且說我是個讀書人，是一個很窮的讀書人。一個窮讀書人，竟然敢講真話，的確是很不容易。所以，決定再來拜訪。不過，這次是走大門，正式拜訪，不是爬窗子。然後，他又說：「這些年到人家，從沒有走過大門，更沒有敲過人家的門。」然後他笑著說：「剛剛敲門時，的確有點膽戰心驚。」

他說沒有想到我竟會接待他，並留他吃晚飯，這是他多少年來第一次受到這種接待。他十五歲隻身來臺，原來準備投靠的長輩又過了身，無依無靠，四處飄流，後來因沒有戶口關進監牢，並且在牢裡學會這種技倆。出獄後，自己無一技之長，就以此為生。不過，他強調說他並不貪，所取的只要夠維持生活就算了。這些年就從監獄進進出出。後來，他進監獄就讀書，他沒有進過學校，一點知識就是在監獄裡學的。

他說他曾寫過一封信，署名「偷兒」，寄給編輯部轉給我。我突然想到我曾接到一封「偷兒」的來信。信寫在十行紙上，洋洋灑灑數頁，字跡娟秀，文也流暢，都是些感時慨世的話語，原以為是讀者的戲言，竟然出自於他的手筆。他說罷站起身來，從褲袋裡掏出一疊稿子，還有一本蔣廷黻的《中國近代史》遞給我。他說稿子是他寫的，我有空時看看，書是他上次來我家時借的，現在看完了還給我。並且說打擾半天，要告辭了。

於是，我送他出門，已是上燈時分，在暮色蒼茫中，我們並肩走到公車站。他轉身向我要十塊錢，他說現下住在松山，沒有錢買車票。我摸摸口袋，只有五塊錢，走到票亭買了五張車票，塞到他手裡。公車來了，他伸出手來緊握了我一把，並且說以後不要再見了，轉身跳上公車。我默然站在街頭四起的燈光裡，看著公車絕塵而去。

那張靠窗的位子

每次走上講臺，我總不自覺地向那張靠窗的位子望一眼。那個位子靠在這窗邊已經很久了，記得二十年前我坐在這張位子上的時候，那褐色的桌面已經佈滿前人刻劃的痕跡，皮質的椅墊也磨得泛出了灰白。據說這桌子在日據時代就擺在那裡了。

當年我在這個教室選課時，總歡喜坐在這張位子上。這張位子比較靠後，而且又靠窗，教授的目光很少掃到這裡。當我從黑板轉過頭來，可以看到窗外的庭院，陽光從那棵濃蔭的老榕樹落下來，許多顆閃亮的星星，在微風拂過的草坪上跳躍。細雨迷濛的日子，串串水珠又從老榕樹垂著的長鬚上滴下來，……

二十年的日子不算短了，沒有想到轉了個大圈，又回到自己原先起步的地方。校園牆外

的擁擠喧囂，石子塹的羅斯福路變寬了，新生南路溝旁的垂楊消逝了，懷恩堂鐘樓仰吻的滿天彩霞，被連雲起的華廈遮蔽了，水源地竹林外的落日餘暉也黯然了。二十年，二十年的歲月有太多的變遷，但那張桌子依舊靜靜地，寂寂地靠在窗邊。我看著坐在那張桌子邊的另一個年少，正低頭整理筆記。於是，我轉過身去面對著黑板，拿起板擦把上一堂講的抹去，飄撒的粉筆灰落在我的雙鬢，再看看黑板上幾條沒擦盡的粉筆痕跡，彷彿像悄悄爬到我額上的皺紋。呵，呵，真的是少年子弟江湖老了，於是心裡暗暗輕喟聲「好個天涼」，然後，又無奈地翻開稿本，再一次重複那單調寂寞的獨白。

剛剛從椰林大道走過，春天的暖陽把柏油路刷得格外明亮，一群年輕的歡笑從我身旁飄過，我走在他們中間，彷彿他們的歡笑也感染了我，不覺踢起腳邊的一塊石子。那石子沿著平坦的柏油路面向前滑去，等石子停下來，我又越向前去再踢一腳，好像我也變成了那群年輕人中間的一個。於是我的步子也變得輕快了，尤其是在三月杜鵑花季要來的時候。

前些日子，在一個偶然的聚會上，一桌除了主人外，都是我前後屆的同學，雖然所學的科系不同，幾杯酒入肚之後，在一陣歡笑裡，時光也隨著倒流，我們都有太多的想當年⋯⋯

想當年，物質生活的確是很苦的。記得我最初搬到現在住的學校宿舍時，離我大一住的山邊宿舍不遠，一次在黃昏時分，散步又到那裡。沒有想到二十多年的時間，這裡卻沒有多少改變，一樣的田野和竹叢，只是宿舍後的山上，擁擠著許多墳地，不再是以往的青山青。道旁的小店雖然換了主，卻仍依稀當年景象。於是，我便走進了那小店，切了十塊錢的豬頭肉，一盤炒米粉，一杯紅標米酒，慢慢咀嚼淺飲著，讓自己浸沉在二十年前的往事的追憶裡。但一樣的滷菜一樣的酒，卻拾不回那失去的歡欣。

望著店外那條路，那是我二十年前上課下課走熟了的路。現在又印下許多初來者新的歡笑腳步。當時我總覺得這是條漫長的路，尤其晚上從學校的圖書館回來，又遇到淒風苦雨飄打的時候，踩著一腳的泥濘，眼睛卻望著路盡頭那盞飄忽的路燈，雖然那麼遙遠，但心裡總泛出一陣暖意，想著再轉過彎就到那小店，喝碗熱騰騰的餛飩湯。真是個冬天的小陽春。

四年的日子，悄悄從這條路上滑過，只是後來才知道，我在這條路上，的確虛擲了太多原來該屬於自己的光陰，四年的時間有太多青杏的理想和夢，可是卻沒有一個實現的。最初，我也曾如父親來信教訓我的「潛心向學」了一陣子，但卻沒有那種耐心和耐力。幾次在日記上的悔恨和自責以後，就完全放棄了。對自己所追求的全然放棄後，心裡倒坦然了。於是我可以悠然漫步在椰林大道的碎石子路上，冷眼仰望椰林外遙遠天邊的寒星。

寒星，當時有許多顆這樣的寒星，在校園裡冷冷地、孤獨地運行著，他們一個人一個單位，除了自己，對身外的一切漠不關心。我常常說，同睡在一個寢室裡的八個人，也許那頭屋塌了，這頭的人還是照睡，我真不知道這世界上，還有什麼能打動他們的心。當然在他們之中，的確有不少神遊物外，真正潛心向學的。至於我，卻不是那樣，只是悠悠忽忽，迷迷糊糊的在那裡晃著，一晃就是四年，等醒了也該走了。於是，我悄悄地來，正如我悄悄地去，沒有帶走天邊一朵雲彩。就這樣我走了。

但等我離開學校，進入另一個社會時，才發現那種寒星似的生活，不僅影響了我，同時也影響這個園地裡生活過的人，因為當他們一旦離開這裡，投入另一個陌生的環境以後，單打獨鬥，孤軍奮戰的勇氣和耐力是不會缺少的，但卻沒有與人共同合作奮鬥的精神。也就是說，他們可以在任何艱困的環境裡，適當的處理自己的生活，很少會想到在這個世界裡，除了自己，還有其他的人存在。在這樣情況下，就很難與人合作了。

最初，我遇到許多這種困境，老是無法安於自己工作的環境，換來換去，最後只好慨嘆天地之大，竟無容我之處了。直到有一次，我在一個地方工作，看到一個清潔隊員清理廁所，等他的同伴把便溺清理完畢後，又轉過身來用消毒器噴灑那清理過的廁所，他工作是那樣的仔細認真，後來，他發現我站在他身後，轉過頭來對我露齒一笑。那笑容深深地感動了我。到這時我才發現這世界上，任何工作都需要人做的，只要我們認真去做就行了。我終於從那笑容裡找到了自己，以後我的路就走得穩健多了。在以後的工作裡，我也會常常想到自己該放到什麼地位，而且只做自己能力可以做的事，也許我漸漸長成了。

從黑板轉過去，看到坐在那靠窗位子上的，是一個新來的青年人，他的眼睛正掃向窗外，我真想走過去，輕輕地告訴他，千萬別看著天邊的晚霞，而踐踏了腳旁的玫瑰！

每扇窗裡亮盞燈

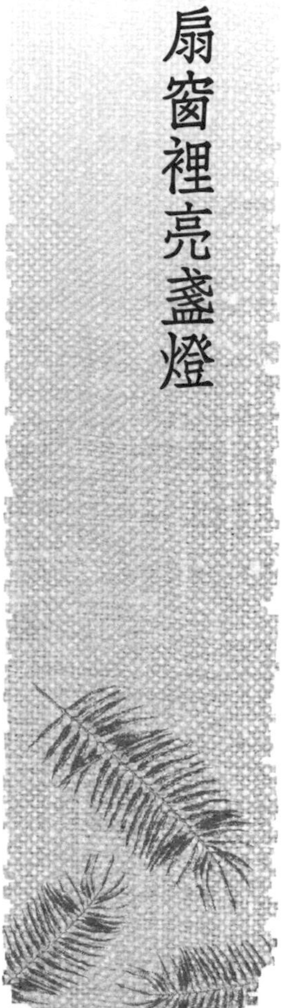

前幾天到臺北附近一所學校，參加一個討論會。這個學校座落在整個岡陵上，我們到時，已是黃昏，回首來路，山下的平原漸漸沉入蒼茫中，幾盞燈火已從暮色中躍出。那是一片遼闊的平原，櫛比的屋脊纏著高壓天線，在高速公路環抱裡，擴向遙遠的天際。我想這裡該是看晚霞的好地方。但下得車來，卻有幾點雨星，伴著山坡的松風迎面撲來，今晚的晚霞也許鋪不成了，我有些微惆然。

討論會的題目是「大學生如何塑造自己」。這是一個對我似乎熟悉，但卻又非常陌生的題目。雖然我也曾上過大學，現在又在大學裡誤盡蒼生，但不論過去或現在，都沒有考慮過這個問題。過去自己讀大學，只是迷迷糊糊地來，連一點離情別緒還沒來得及培養，就被催促著匆匆離開了。根本不知道為什麼要來，只是因為沒有拒絕的勇氣，才跟著別人擠進了這座窄門，怎麼能想到塑造自己呢。而且在我們那個年頭，塑造自己該是家長和老師的事，用不著自己煩心的。

從來到大學教書，平日教書全是寂寞的獨白，很難聽到空谷的迴響。雖然有時也空下一段時間，期望有些問題能提出來討論，終是無言相對，尷尬地等待下課的鐘聲。我也曾看年輕朋友歡笑著從我身旁走過，我望著他們的背影，心想我到底能了解他們多少？也許是真的「不識廬山真面目，只緣身在此山中」了。

既然對他們不了解，如何談塑造呢？而且我也不喜歡「塑造」這名詞，因為既談「塑造」必然會發生兩種情形，不是以自己的意識影響別人，就是以別人的意識影響自己。因此，我覺得不論用別人的影子塑造自己的形象，或者強制別人接受自己的意識，都是毫無意義的事。所以，我在大學裡的時候，從沒有想塑造自己，現在雖然忝為人師，我也不想塑造別人。也許這就是我越來越喜歡自己現在選擇的職業的原因，一個人一個單位，既不受人管，也不管別人。

面對著這個題目，面對著上千雙期待的眼睛，我感到十分躊躇。幸好這次的討論會，有三個講員，一位是對「外務」樣樣皆精，本行又非常著名的科學家。一位在自己結婚那天早晨還看《基度山恩仇記》，不論教書與持家，研究與主持計畫都充滿宗教熱誠的女教授。我只是敬陪末座，也許可以從他們的意見裡吸取靈感，混過自己二十分鐘的時間。

那位女教授緩緩的講著，她的聲調充滿了感情，像潺潺的溪水流過蔥青的山林，把我們的心靈拓升到另一個新的境界。最後，她說她歡喜看夜裡學校的宿舍、窗子裡透出來的燈光，因為那每個窗子裡都有一個夢。

她這句話深深感動了我，因為大學生的確該是個有夢的年紀。他們的夢融合了希望與理想，用純純的愛、淡淡的愁編織成的。我記得我初進大學的時候，就住在那靠山邊的宿舍。隔著一片稻田，對面是另一座宿舍。我歡喜在晚飯後的黃昏，坐在田埂上看那座宿舍，在夜幔慢慢扯下來以後，每一個窗子都透出黃色的燈亮。尤其田裡插秧的時候，許多的燈影映在水田裡，一陣微風吹過，吹起一陣水紋，也吹亂了一田燈影。那宿舍彷彿是一艘正在航行的船，載著許多不同的夢，不知駛向何處，於是我心底也隨著浮起一個夢。雖然那個夢到如今也沒有實現，而現在想起來還是美的。

我尤其歡喜呆坐在那裡，看一層淡淡霧塗過的那宿舍。朦朧的燈光，朦朧的月，我想坐在那條船上的年輕人他們的夢也朦朧，就像他們夢醒時，面對著那揮不去的茫然一樣。即使茫然也是充滿了情趣。

我不知道現在生活在大學校園裡的朋友們，是否還有夢？也許經過這些年的變遷，即使有夢，夢也淡了。不是嗎？在一切都講實際價值的社會，我們校園裡的朋友們也被波逐著，變得比較講求實際了。總想在這四年抓緊些什麼，戰勝些什麼，在追逐的過程中，很少有時間再編織自己的夢。剩下的時間又計畫著另一場追逐，於是他們變得匆忙，即使去遊山玩水的郊遊，也顯得那麼匆忙。我曾經參加過一次郊遊，剛到目的地，就忙著搭架起火，把醃好的肉擱在火上烤起來，大家擠成一團，肉還沒烤熟就被搶著吞下去了。然後又圍成一個圈，坐在地上拍著手，唱起兒歌來。不一會，烤肉的同學已把架子收好，嚷著該動身回去了。我也隨著同學們爬上河堤，回頭望著滿眼青山綠水，心裡不覺有些微悵然，我真羨慕那一雙浮在碧波中閒散的白鵝。

真的，我們該有夢的，不論我們的社會變得多現實，多匆忙，我們還是可以閒步校園，慢慢為自己編一個夢，沒有夢的人就沒有理想，沒有理想那裡還有將來？

討論會正在進行中，突然停電了，談話還繼續在黑暗中進行，整個講堂靜靜地，有幾點紅紅的煙蒂在黑暗中明滅著。一會，主辦的同學點燃幾支白色的洋蠟，在熒熒的燭影光裡，我隱隱地看見階梯講堂裡許多朦朧的臉，朦朧臉上有雙閃動的眼睛，現在我們都沉湎在那個失去的夢裡了。

討論會結束後，我們摸索著黑暗走出講堂，迎著一天閃爍的星斗，再往遠看，環校馬路邊的學生宿舍，很多窗子裡都有搖曳的燈影，我想，今夜他們該有夢，但願每扇窗子都燃亮一盞夢。

這一年的夏天

前些時，電視裡常有個女娃娃唱：「那一年的夏天，在這堤岸邊，你為我買葡萄一串，多可愛！像綠色項鍊一串……」把一串綠色的奶油葡萄，想像成一串翡翠的項鍊，而且還要把它掛在脖子上，的確是夠「多可愛」的。不過，那畢竟是小兒女的事，對我這個頭上撲粉年紀的人來說，那個多可愛的夏天，似乎早已悄悄遠去了。

頭上撲粉的年紀，那是我年少時想的。記得當年坐在理髮的椅子上，理髮師父在動手清理我頭上那蓬槁草之前，總是先撲上一層粉，我對著鏡子看裡面的影子，立即就有塞上秋風起，寒月草上霜的感覺，那感覺突然會使我嚴肅起來，心想等我到了這種年紀，該做些什麼，又在那裡？於是便會不自覺的摸摸下巴，也許，也許到那時我會成熟了，我會歷練了。然後一種傲然的微笑油然自心中浮起，跌落在嘴角上。

現在，我真的到了頭上撲粉的年紀。當然我也有個夏天，像許多人一樣有個炎炎夏日正好眠的夏天。不過，從我有事可記開始，每年夏天，都遇到放暑假的日子，似乎每年夏天的暑假，都有很多事可記。但等到一開學，老師在黑板上，出個「暑假生活回憶」的時候，我卻只寫下：「光陰似箭，日月如梭，一年一度的暑假又過去了」。就這樣，許許多多「多可愛」的事，都消逝得無影無蹤了。

沒有想到事隔多年，我竟選了個「有暑假生活回憶」的工作。每年我都有個暑假；但每年暑假都那樣「光陰似箭，日月如梭」地悄悄溜去。等現在已夏去秋來，再想想這一年的夏天，究竟幹了些啥？真有點站立江岸看晨霧，一片茫然的感覺。

真的，每年夏天開始的時候，我都有個暑假計畫，希望好好利用這個夏天，做點上個暑假想到、卻沒有做完的工作。因為吃拿粉筆這行飯的，工作雖然可算悠閒，但在學期中間，備課上課，總沒有完全整個屬於自己的時間。就想好好利用夏天的暑假，來做些平時荒廢了的工作。可是今年夏天，也像過去一樣，一點也沒有做。有人問起，總是說窮忙、瞎忙、忙掉了。的確是窮忙瞎忙，現在也想不起到底忙些什麼？為誰忙？反正忙了半天，都是白忙。

不過，最忙的還是幫別人忙。人家找你幫忙，當然因為人家的確有事，才找你幫忙。而且那麼多人不找，偏偏找到你，那是人家看得起你。記得小時候看玩把式的，等看倌都站定了，他站在場子中央，雙手抱拳，向左右前後深深一揖到地，朗聲道：「在家靠父母，出外靠朋友。今天乍到貴寶地，有錢的朋友，幫個錢忙；沒錢的朋友，勞您兩條腿站穩，幫個人忙。」我沒有錢，只好幫個人忙。一聲傳喚，披衣即起，倒履而行就去了，像這樣的人忙幫了不少。

既然為人幫忙，就得幫到底，苦的是人忙幫完了，你正坐下來歇歇，喘口氣吸口煙的時候，人家已走過來說聲謝謝。那是告訴你現在忙已幫完，要吃飯趁早回家，你當然不好賴著不走。於是只得悄悄離去，出得門來，雖然薰風撲面，抬頭遙望滿天星斗，心裡仍有一絲寒意。

歡喜幫人忙的人，多少有點好管閒事，那怕風吹縐一池春水的事，也想看看。所以我常遇到兩個朋友面向而坐，初侃侃而談，續而聲浪增高了幾度，等我回過頭去，他們已經站起來了。不僅站起來，而且怒目相視，劍拔弩張，熱戰一觸即發。既然是朋友，總不能眼看他們兩敗俱傷，便走到中間，這邊勸那邊拉，最後總算勸得雙方各自憤憤不平而去，可是出了門，他們竟握手言歡，我正慶幸一場干戈化玉帛的時候，他們卻不約而同扭過頭來白了我一眼，然後大笑而去。我愕然地站在那裡，突然記起棋盤中間的「河邊無青草」那句話。

於是，我只得悶坐，看看窗外的晴陰，想想世態的炎涼。好在這是個「回歸」的夏天，許多遠在海外的朋友，像候鳥似的飛回來了。有朋自遠方來，總是人生一件樂事。因此，在自己生活裡，又多了幾次臨時「插播」的節目。來時熱烈握手，去時依依送別。當然，在他排滿的時間表裡，好不容易找到一個空檔，吃喝一頓聊表故國人情味的濃醇，那是免不了的。最難得的，還是和這些不思量自難忘的老友，酒後抵膝相談，閒話巴山夜雨，談別後種種，談朋友們的近況。只是大家都讀過幾天書，也算上個知識份子，談著談著話題就落到「匹夫有責」上。有歡笑，有嘆息；也有相對無言。

與老友話舊，是人生一大樂事。但在夏天，最使人不堪的，還是由於夏天天氣熱，的確不是個讀書天。但大家閒著也是閒著，不如製造點是非，來調劑調劑午睡醒後的昏沉。於是蜚長流短，像烈日裡附在樹上的蟬詠，隨風而起。即使你不想聽，那噪聲卻像陣陣的熱浪，斷續地傳到你耳朵裡來。使你不能不想到，人真是一個不甘寂寞的動物。

這一年的夏天，真是個漫長的夏天。

又從樹下走過

文學院四周有許多樹，這些樹的樹齡，可能比文學院老舊的建築還要長久。也許當年文學院建築的時候，早已在那裡默默成長了。尤其文學院左右庭院裡各有一棵大榕樹，少說也有百多年的歷史了。彎彎曲曲的樹幹爬過文學院的屋簷，茂盛的枝葉蔽蓋了半個庭院。但卻很少人注意它們的存在，任由悠悠的歲月，在它們的軀幹上默默增添年輪。

當初我從樹下走過，是一位高班的同學告訴我，庭院裡有個角門，可以通到院裡的教室，一樹濃蔭可以擋雨遮陽。我最初怯生生的走進庭院，正是中秋過後晴朗朗的天，庭院寂寂，盛滿一汪湛藍的天空。老榕樹獨立在庭院中，但不孤獨，彷彿整個庭院為它設置。樹蔭下有幾畦盛開的菊花，金黃橙紅的花蕊，在茵茵的綠草地襯托下，顯得格外華麗。綠草地修剪得非常齊整，草地裡有條被往來腳步踏出來的小徑，草地上撒著老榕樹飄下的枯葉，透過樹隙掉下來金錢似的陽光，點燃一地枯黃葉子閃閃發亮，一樹晚蟬唱吟著悲秋。

後來知道這庭院是個年老的校工整理的，我經過角門，如果還沒到上課的時候，就會停下來，點燃一支菸和他聊幾句。他總抱怨他的兒子們不孝，逼他退休。從談話裡知道，他的兒子們如今事業有成，開了間很大的照相器材行，盼望老人回家，安享晚年。話說到最後他總是說：「不孝，嘸知艱苦時。」我知道他是捨不下打理了幾十年的庭院。後來我漂流一陣子，再回來教書時，他還在整理花草，只是像庭院裡的榕樹一樣蒼老了。他高興地握著我的手說：「轉來就好，轉來就好。」最後，那老人終於退休了，庭院裡秋天再沒有菊黃，春天也沒有海棠的豔紅，任其荒蕪了。只有老榕樹還默默守在那裡，一地落葉卻無人掃。

我上課的時候，總歡喜選那個靠窗的位子，不時窺望窗外滿院清幽，有時在夏天的午後，講臺上的先生敘說著一個遙遠的時代。我望老榕在微風中飄拂的垂鬚，緩緩地、悠悠地將我帶入如夢似幻的縹緲的境地，等我再回來的時候，文學院門外的傅鐘已經敲響了。但等我真正醒來的時候，就是唱驪歌的時候了。不過，那時我們沒有驪歌，沒有穿戴，也沒有典禮，更沒有歡欣，像平時趕回宿舍吃午飯一樣，就這樣畢業離開學校了。

等我再回來的時候，已是八九年以後的事了。我站的講臺，正是過去我坐過的那間教室，有時講書講到一個段落，總是不自覺地望望那個靠窗邊的位子，有時那位子上端坐一個少年後生，楞楞地看著黑板，一似當年的我。有時那位子空著，我會悵然望望窗外，老榕樹正默默陪伴著我。有時天雨，串串雨珠順著老榕樹的垂髯滴下來。這才想起，月有陰晴圓缺，人有悲歡離合，教書就是這樣，他們一批批地來，又一批批地走，該走的時候，就該走。只有我們教書的在這裡守候著。不過，最後我們也會將粉筆拋向空洞的教室，轉身離去。

後來，我因為趕寫論文，研究室搬到文學院對面的偏僻角落，有大半年的時間，日夜生活在這個小房間裡。書桌臨窗而設，窗子正對著那個庭院，有時在月圓時候，月亮悄悄地爬上文學院的屋脊，升上老榕樹的樹梢。我會熄掉案上的檯燈，任一窗月色瀉進屋來，真的是月滿西樓了。我靜靜地坐在那裡，浴著滿身的清輝，凝視著老榕樹的枝葉在月光下搖曳著，使我又想起初來的時候，悄悄地從樹下走過，然後又一再從樹下走過。生命的成長，的確需要走過一段非常艱辛漫長的歷程。

寂寞的獨白

教書雖然清閒，但也有苦差，就是掛黑板。因為教書的必須面對學生，在黑板前晃來晃去，不是口講就是寫黑板，五十分鐘的時間，像呼吸一樣，不能片刻暫停，不能有冷場。否則，就掛在黑板上，和學生沉默相對，口卻訥訥不能言，的確是件窘事。

記得最初教書，在臺北鄉下的一個初中。因為初為人師，怕誤人，提早到校準備課程。但拿到教科書，就發愁了。短短一節，不到兩三分鐘就看完了，而且課文都是肯定的說詞，實在沒有什麼好補充的。所以，反複誦讀課文，再三前思後想，臨到第一堂上課，竟然沒有掛在黑板上，硬是被頂下來了。後來翻閱學生週記，竟然十個有九個說我教得好。因此，對掛黑板有了信心，沒有想到後來竟走上教書營生，在黑板前晃來晃去，晃掉萬多個美好的日子。現在算來，真是有點心驚，但卻不後悔。不過，這也是需要耐心的。

教書還有件苦差，雖然無須上班打卡，但除非萬不得已，是不興缺課的。大學生有逃課的權利，教書的卻不能，不避風雨寒暑，都得準時趕到課堂，隨著上下課的鐘聲作息。當年初到大學教書，年紀還輕且又窮，治不起行頭，最初在輔仁歷史系兼課，從火車站搭交通車去新莊，因為衣衫不整，司機拒絕登車。我再三解說都不行，最後，我說：「先生，還是讓我上車吧，那邊有五、六十人等著我。」教書的不能缺課，即使抱病，也得學薛仁貴唱《獨木關》。

課既不能缺，也不能遲到早退。初來臺大教書，經濟雖然窘困，卻在學校對面賃屋而居，就是怕遲到。不像現在的學生，課上了一半，一手握紙盒飲料，一面啃著麵包，睡眼惺松，姍姍而來。有次一覺醒來竟已經八點，一躍而起，臉也沒洗，披衣奪門而出，直奔大一教室。大一教室在學校最後面，等趕到時已經上課了，我甚是著急，腦中一片空白，竟然記不得哪間教室。左看右看，每一個教室都有人在黑板前晃動，後來發現一間教室，班代表正在講臺上宣布事情。於是，推門而入，整個教室的目光都注視著我，我選了最前面的位子坐定，對臺上的青年人說：「你先講，你講完了我再講。」我坐在那裡聽他慢條斯理地講，發現他講的竟是微積分，這才猛然記起我的教室是另一邊的普通教室。於是，站起來，說了聲對不起，我走錯了教室，拎著書包出門，身後響起一陣轟笑。等我趕到普通教室，已經遲了半個小時，幸好學生還在等我。自此之後，只要第一堂有課，我都是六點鐘起身，坐在那裡癡癡等待著。

不過，缺課和遲到早退，是可避免的，只有掛黑板最現實了。如果講課講到一半，難以為繼，就真的混不下去了。教書的除滔滔不絕地論古話今，說長道短，或照本宣科，一本筆記吃一輩子，是沒有問題的。幸好我這些年教的課不止一種，而且講書比較隨興，沒有筆記和講稿，讀到哪裡講到哪裡，不過最後還能體系自成。有時也因為外在環境說些題外跑跑野馬，這些話都是個人的意見，事先已經說明，大學生應該有自己的獨立思考與判斷的，聽與不聽悉聽君便，因為講課不是精神訓話。

這些年我跑的野馬，先是「風聲、雨聲、讀書聲，聲聲入耳；家事、國事、天下事，事事關心」，講的是一些家國之思和知識份子的社會責任。因為也許自己讀的是歷史，對中國知識份子，懷有一份難釋的溫情和敬意。雖然被人認為保守，但我卻是非常堅持的。不過，後來發現現代的知識份子除了說自以為是的話外，更堅持己見，且無容人的雅量，實在再無話可說了。至於家國之事，如今已家不家國不國了，還有什麼可說的！

過去，我將在講臺上講課稱為「獨白」，我們在黑板前晃來晃去，但在講臺講話，不能譁眾取寵，只能以理析論，如暮鼓似晨鐘，很少能得到反應，是非常寂寞的。因此，我將這些獨白，稱為「寂寞的獨白」。這些年在黑板前晃來晃去，的確說了多少廢話，也發了多少「寂寞的獨白」，但卻很難有共鳴，真是「知音少，絃斷有誰聽」？

便當

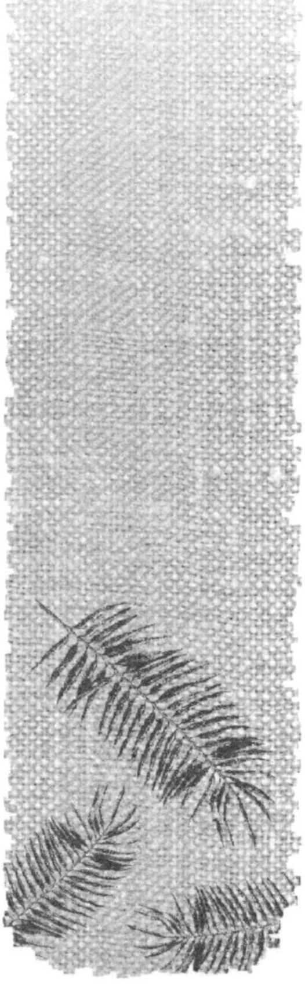

下課了，又下課了。

這個學期最後一堂課，也是我大學三十多年教書生涯，最後一堂課下課了。上課下課，是我們教書營生的人，日常生活與工作的一部分，是非常平常的事。

所以，像往常每學期最後一堂一樣，將這個學期所講的作了一個總結，往後不論誰騙誰，學生們都要面對一個現實的問題，就要考試了。講著講著，突然想起，上罷這堂課，我也要收拾書包回家了。收拾書包回家，就是退休。雖然現在沒有山林，可供寄情，但該走的是時候，就該走。沒有什麼好說的。

於是，我又燃著一支菸，站起身來，感謝他們一年來的合作，並且謝謝他們陪伴我，上完我教書生涯最後的一課。一陣錯愕後，接著一陣掌聲，我向他們一鞠躬，就這樣，真的下課了。然後，學生像平常一樣，嬉笑著陸續走出教室，空洞洞的大教室，只餘下坐在講臺上的我。一面將參考書和講稿裝進環保帆布袋，一面將上課吸的殘餘菸蒂，蒐集起來放到喝茶的紙杯裡，轉過身揩掉黑板上的字跡，拍拍身上的粉筆灰，離開教室。再回轉頭，教室已經空了，一陣聚散的涼意剎那湧上心頭，不過想想去來的事，天天發生，實在不該牽動情感。

於是，我獨自搭電梯下樓，到小福買了一個便當。今年的「中國飲食史」，上課時間比較特別，因為加選的人多，三易教室。最後有了教室，排不出時間，只好在十點到一點上課，下課的時候很餓了。不過，這樣也好，買便當的時間已過，不必再擠著排隊。我隨便拿了一個，穿過文學院旁的老樹，回到研究室去，天空正飄散著細雨，卻很陰暗，可能又要下大雨了。

我的研究室很寬大，但很雜亂。研究室中間用幾張桌子拼成一張長桌子，四周擺了十來把椅子，是平時研究生上課用的。常常是一面扒著便當，就開講了。為了圖個方便，我棄自己原來的桌子不坐，轉移到這張桌子上來。這張桌子雖大，卻也雜亂異常，堆著外面寄來的書刊雜誌，裡面傳閱的公文紀錄。這些公文紀錄和我全無關係，我要看的只有一份，就是學生的成績登記單，其餘的很少過目。這是多年的習慣，也許是沒有做過領導的原因。一路陽春教授做到底也好，免卻了許多無謂的紛紜，落得清閒和清靜。也許這就是教書的好處了，一個人一個單位，既無須人管，也無權管人。不過，這些無用之物，日積月累，卻也成了堆。

但我坐的面前那塊桌子，還算過得去，只有茶杯和煙灰缸，還有兩枝找不到筆套的原子筆。於是，我坐了下來，喝了一口先前沏妥的涼茶，啟開便當扒食起來。便當也涼了，一面嚼著又冷又硬的豬排，一面將便當盒兩片黃蘿蔔挑了出來。雖然我並不挑食，但當年在臺北吃了幾月的牢飯，餐餐是一碗糙米飯，兩片黃蘿蔔，出得獄來，從此拒食此物，那已是快半個世紀的舊事了。我慢慢咀嚼口裡的飯菜，雖然無味，但已經習慣了。四下觀望，書櫥倚壁而立。這些年前後換了不少研究室，不論大小或形狀不同，書櫥一定有的。書櫥裡豎著許多書，其中有些是當時不想買，卻又禁不住買了回來的。這些書曾伴著遷播過不少地方，又伴著我度過不少寂寞的黃昏和風雨的夜晚，已經成了生活的一部分了。雖然現在教書暫告一個段落，但是，書還是要讀的。而且還有些正在做的工作沒有完成，又有計畫做的工作沒有開始。這些工作都離不開書，只是這些書又將隨著我搬遷了。

想到這裡，不由站起身來，推門而出。現在正是下班下課的時候，走廊上靜悄悄的，但走廊的窗外卻大雨滂沱，在雷電交加裡，我聽見傅鐘又被敲響。但傅鐘旁兩株火紅似的鳳凰木，在雨中卻變得一片濛濛。

糊塗齋

最近編了兩套書：一是《糊塗齋史學論稿》，一是《糊塗齋文稿》。現已各出兩種，其他的將陸續付梓。一個人從事一種營生久了，肚子裡總會結幾個繭，現在是化蝶而出的時候了。

齋名「糊塗」，既不文且不雅。只緣當年寄居香江，由紅塵十丈的市區，搬到學校新落成的宿舍。宿舍倚山濱海，備有書房一間，書房窗外是一灣碧綠的海水，入夜點點漁火沉浮其間。不似擁擠市區大廈間，舉首仰望，僅見藍天一線。這裡的藍天遼寬，時有白雲悠悠，心情舒爽，的確是個漁樵閒話的好所在。

書既上架，壁上懸鄭板橋「難得糊塗」拓片一幅，另一邊掛太太習畫老師萬一鵬先生所贈「鍾馗醉酒圖」，鍾馗酒醉，倚罈枕劍，一手執杯，一手執破摺扇，一目怒睜，一目微閉，虬髯橫飛，滿臉憤憤，卻嘴角含笑，提款也是「難得糊塗」。我坐在桌前，左顧右盼，心想也該附庸一番，為書房起個齋名。於是，高聲問在客廳整理什物的太太：「叫難得糊塗齋如何？」太太聞言大笑：「難得糊塗？你幾時清醒過！」「那麼抹去難得，留下糊塗。」我說。因此，我成了糊塗齋主人。

鄭板橋說：「聰明難，糊塗難，由聰明轉入糊塗更難。」「難得糊塗」是由聰明轉入糊塗的一類。鄭板橋做了十多年七品的芝麻官，所謂「十年蓋破黃紬被，儘歷遍，官滋味，雨過槐廳天似水，正宜潑茗，正宜開釀，又為文書累；坐曹一片吆呼碎，衙子催人妝傀儡，東吏平情然也未，酒瀾燈跋，漏寒風起，多少雄心退。」前後經歷了「幾番風雨幾晴和，愁水愁風愁不盡。」最後「擲去烏紗不為官」歸隱揚州，才體悟出來的境界。所以，那個「難得糊塗」的確得來不易。

書出之後，適北京師範大學史學研究的陳其泰教授，來臺開會。陳其泰治中國近代史學，前在中山大學師事劉節，後來去北京，又從劉家和先生遊。我託他帶兩冊給也在北師大教書的劉家和先生。三年前，錢賓四先生百齡學術研討會，在香港召開，賓四先生在無錫江南大學的學生劉家和，也來與會。我們在香港相處三天，相談甚歡，劉家和人如其名，是個謙和君子，他學貫中西，是中國上古思想史的專家，但如素。他說了些賓四先生在江南大學的一些掌故，使我想那年過無錫，謁夫子當年講學處，佇立煙波浩渺的太湖岸邊的寒風中，低徊留連不能去。我也為他說些賓四先生在外雙溪素書樓的生活點滴。

劉家和先生接到我的贈書後，回信寄來〈西江月〉一首，題名〈糊塗吟〉呈「糊塗齋主人」：

一說糊塗難得，糊塗便出有心，有人還作糊塗吟，安得糊塗無知？
但說糊塗便是，糊塗不待追尋，糊山塗水且登臨，管它糊塗是甚。

劉家和先生似意猶未盡，又寫〈糊塗詩〉一首：

糊塗人作糊塗吟，不辨糊塗淺與深，但覺糊塗滋味好，糊天糊地漫無心。

劉先生所作的〈糊塗吟〉與〈糊塗詩〉所謂「一說糊塗難得，糊塗便出有心」，出於有心的糊塗，是假糊塗不是真糊塗。鄭板橋的難得糊塗，是體驗了人情冷暖，世態炎涼之後，由聰明轉入糊塗之後，才興起的難得糊塗。最近大陸出版了不少史學家的傳記或自傳，似乎不論聰明或自作聰明，在過去幾十年的轉折中，尤其那個十年，同樣受到污辱和損害，不僅知識掃地，尊嚴蕩無，如果要想殘喘偷生其間，除了「但覺糊塗滋味好，糊天糊地漫無心」外，是無法熬過來的。不過，想想我自己過去這麼多年，一路陽春走過來，一肩明月，兩袖清風，了無牽掛，更無阻礙，和他們相比，真的是糊塗是福了。

庸醫救人

一個月前，我動了一次不小的手術，開的是腹腔動脈瘤。這個隱藏在肚子裡的不定時炸彈，卻是偶然發現的。

一向自恃粗體尚健，遇到吃的，生冷不拘，葷腥不忌，雖然太太時時在旁叮囑：「細水長流呀！」皆若春風過耳邊。但這些年也沒得什麼病，包括感冒在內。不過，醫院還是按時去的，因為患有吃的後遺症糖尿病，但遵醫囑定時定量吃藥，一向平穩無事。只是今年暑天，為我診治多年的吳大夫，離開臺北他往，不得不另覓良醫。

良醫和名醫不同，名醫僅訓示而不作雙向溝通。良醫不僅診療盡心，且容易相近相親，日子久了，彼此成為定期約會的朋友。不過，這樣的良醫已經難求了。一次友人聚會，席間遇一位醫生，經友人介紹，才知是位名醫。我常在報刊讀過他撰寫的專文。醫生年紀不大，頗挺拔，面白淨，前額微禿，架金絲眼鏡。一桌盡歡，獨他矜持不言，冷而且酷。我想名醫大概是如此，和人保持一定距離，便以望聞。

於是，我向醫生請教了診療時間，到時欣然前往。不過，前往就診一次也不簡單，一個星期前掛號，輪籌已至一百五六十號。應診之日，黎明即起，乘車匆匆趕往，先驗血糖，但檢驗的患者已排得很長。驗罷血至診療室靜候醫生到來。診療室分內外兩間，外間是大廳，患者在此聚候等待傳喚。壁上紅燈亮起，醫生已到，義工囑患者依號列隊，量血壓、體重，隊伍排得很長，由大廳邐遊至走廊。我看著病患的隊伍，突然想起當年初訪大陸，由羅湖入深圳過海關的情景。

事實真是如此，等輪到我進入醫生診療室時，已經是十二點過後了，排了三個多小時隊，始得進入內室。依次站在醫生面前，醫生坐在那裡一似海關的驗證員，面無表情寫著藥單，偶然抬起頭對病患訓誡幾句，或數落幾聲，患者唯唯。等輪到我時，醫生手持病歷，又抬起頭來，嘴角掛著一絲冷漠的微笑，曾似相識。不過，那微笑瞬間消逝，然後說：「抽血檢驗」，太太在旁敘述病歷與吃藥的情形，醫生甚是不耐，手一揮，我的病歷已落在旁邊義工的手中，時已過午。

等驗罷血，一週後，再站在醫生桌前，醫生看了一下檢驗單，說了句吃藥，開妥藥單，不再言語。兩週後再復診，醫生拿了同樣的驗血單，突然對我說：「你的腎功能只剩下百分之三十，再下去就得洗腎。」我一聽非同小可，太太急著再問其詳，醫生說：「嗯，跟著我沒問題，十年死不了，像她……」我順著醫生的手指看去，在我們身後有個女病患，正一臉感激之情望著醫生。

我像判了刑的犯人，頗為頹喪，回家的路上低頭不語。太太在旁安慰說：「再不濟我還可捐個腎給你。」回到家我們已身心俱疲，太太躺在沙發上，我拉了張蓆子睡在地毯上。突然太太坐起來說：「其中有詐！我瞄了一眼檢驗單，和過去一樣，沒有變化。」於是她將我過去幾年抽血檢查的資料取出來察看。太太是學護理的，在醫院工作多年，自從我得了病以來，又買了許多相關書籍參閱，對於我用藥與檢驗的資料，都有詳細的紀錄。我的病況她最了解。我也跟著從地毯上爬起來，疑惑地說：「他想做什麼？難道想做醫生的宋七力，讓我永遠膜拜他！」

於是，我又換了醫生，並且請醫生給我檢查腎臟，醫生開了張腎臟超音波單子，我們如期前往，檢驗的小姐為我仔細檢查，並且告訴我腎臟沒有問題，並沒有受糖尿的影響。然後她又要我側身檢查一下，發現我的腹部有問題，於是立即電話他們主任，請他為我復檢，復檢後斷定腹腔有個動脈瘤，直徑已達六公分，要立即開刀切除。

驗查腎臟，竟查出了隱藏在腹腔的動脈瘤，真是意外！如果不是那位醫生武斷地說我要洗腎，如果不是那位好心的小姐為我多照一下腹腔，也不會發現這個要命的瘤。因此，我要感謝那位不知姓名的小姐，是她救了我。我還得感謝那位醫生，不是他，我不會想去檢查腎臟。

常言道庸醫誤人，不過，庸醫有時也能救人。

慷慨上路

「腹腔動脈瘤，不是血管生瘤，而是血管硬化的病變。」太太參閱相關心臟血管的書籍後，向我解釋。她常常將有關醫學知識或常識的文章，閱讀後再讀給我聽。因為我是不看這種文章或資訊的。她說：「常見的動脈血管瘤，是一截主動脈血管壁整周擴張，形成中間隆起兩頭尖的梭狀瘤。」她又說：「這種瘤除非破裂，平常沒有症狀，那位小姐竟意外發現，算你運氣。」

我聽罷解釋，然後說：「我明白了，這種瘤像街邊抽水的塑膠管，用久了，中間一截隆起，向外滲水，腳一踩，就水花四濺。」太太點點頭，我又問：「如果破了呢？」太太答道：「完了！」完了，事態嚴重。於是，立即電話高雄榮民總醫院的朋友們，要麻煩他們了。第二天一早，我們就倉皇南下。在高雄榮總住了八天，他們為我作了最詳盡與徹底的檢查，確定病況與病情後，告訴我刀是要動的了。不過依當時的情況，大概一時還不致變化。於是，我決定先回臺北，等過了中秋，天涼了再來。

我以待病之身回到臺北，但表面看來，卻完全是個健康的人，一切活動如常，很少人知道我得了病。其實得病完全是個人的事，不論多麼嚴重，都必須自己挺下去，像一個人行經無垠黑夜的曠野，除了自己傾聽著自己孤單的腳步，和微弱的嘆息，別人是很難體會或了解的，多說無益。

不過，太太說的「完了」，卻不時從心頭掠過。完了，是一篇文章最後的句點，一首音樂最後的休止符，人生旅程最後烙下的腳印。其實這是人生必須經歷的過程，是很平常的事，不值得驚異。只是有時暗夜醒來，一面看著窗外風中搖晃的樹梢，一面撫摸著自己的肚皮，卻摸不到瘤在哪裡，不禁喃喃自語：「難道就這樣完了嗎？」然後想想自己是一個平凡的人，庸碌一生，也沒有什麼輝煌可表，理當與草木同朽。又想自己一路行來，只是個教書匠，於人於己都無拖欠，倒也坦然。

雖說還有些沒有完成的工作，但都是些無謂的事，做與不做無關緊要。只是現下為〈人間〉寫的專欄，每周都得出貨。於是靜下心來趕了八篇。想八篇稿子夠兩個月用的，將來萬一難以為繼，他們也好周轉。並且將兩個研究所開的課暫時停了，又將帶的兩個博士班的研究生找來，對他們論文的架構，作了些指點。至於自己準備在年底出的兩部書，只有擱下來了。身外的事交代已畢，剩下的就是家事了。我們夫婦甘苦與共三、四十年，雖然我從不問家事，但總得說說，最後說到：「如果萬一，就燒了，撒了。」

太太聞言，破涕而笑，說：「你神經，你以為自己是什麼人，可以亂撒，環保單位要開罰單的。」這段期間太太比我冷靜，每天為我量血糖與四次血壓、脈搏，並監督按時吃藥，吃喝定額定量。每周將有關資料製表，電傳高雄榮總彙報，並叮囑不可提重東西，走路行動要慢，起坐不可牽動腹肌，我變成了一碰即破的琉璃人了。

無月的中秋過後，我們終於要登程了，十月十二日黎明我們上路。臨行，將桌上擺的一座剛買的雞血石鍾馗帶著，我沒有什麼宗教信仰，不過，喜鍾馗的造形，家中蒐集了一些，有壽山石的，石灣陶的，也有木雕泥塑的，這座鍾馗在一家玉器店的貨架上發現，積塵滿身，擦抹以後發現造形極佳，腋下腳底還夾著踩著五個小鬼。我笑著對太太說：「擺病房裡，鎮邪。」離開家門，一夜淅瀝的雨已經停了，臺北的天空還是那麼陰暗冷漠，一向喧囂的臺北，也許眾人未醒變得寧靜，經過連日雨水的洗滌也清新了。……我對這個城市竟依戀了起來。

到了高雄榮總，一系列密集的檢查後，在動手術前一天的下午，由主刀的鄭副院長主持的醫療小組會議，太太代表參加。我坐在病房裡，百無聊賴，於是，走到病房旁的屋頂花園裡閒步，正是黃昏時分。滿天的晚霞映著花園的草木，蒙上一層褐紅，轉頭看到花壇上幾株仙人掌，正開放著紅花，盛放的花朵飄搖在晚風裡，是那麼鮮豔。我默默獨坐，四周靜穆，突然感到是那麼孤寂無助，一陣風來，竟有些微的涼意。

不為良相

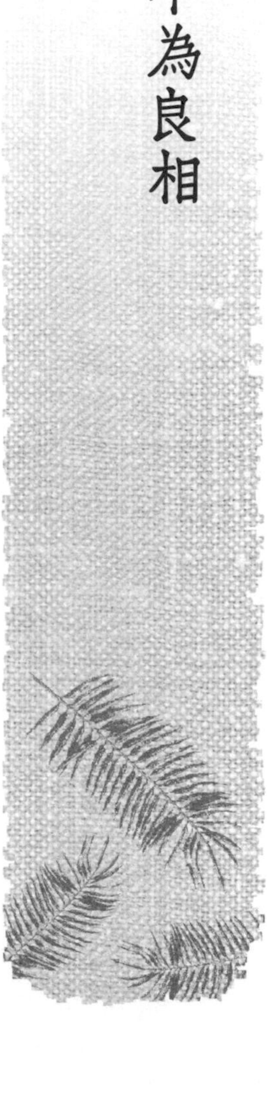

從加護病房移回病房，手術的危險期已過。這是一次成功的手術，開腸破肚四個半小時，竟然沒有輸血，而是事先將我自己的血抽出，然後再輸回去，這樣也可以避免感染，他們設想得真周到。

只是回到病房的第一夜，創口隱隱作痛，徹夜難眠，僵躺在病床上，仰望著病房白色的天花板，竟想起張杏生、萬家茂和鄭德齡來。不過，他們都過去了。家茂走得最早，猝然而逝已十多年了。德齡也走了一年多，最近杏生又走了。杏生是我嘉義中學的同學，與家茂、德齡同時考入國防醫學院。家茂和德齡又是建中的同學。他們入學後一年，我太太也進入國防醫學院的護理系。所以，他們是我的朋友，也是我們共同的朋友，從那時開始，數十年一直維持著深厚的友誼。

後來，家茂和杏生讀了四年。因為無法適應軍中的生活，同時離開國防醫學院，從頭來過。杏生考取中興大學前身農學院的植物系，家茂進入臺大動物系，後來又考取醫學院的生理研究所。家茂因為實驗的需要，日日以屠狗為業，我常去他實驗室聊天，笑他是個屠夫。他自我解嘲說：「不為良相，即為良醫，不能為良醫，就與禽獸為伍。」

家茂、杏生離開醫學院後，德齡留下來了，他從開始就堅持做個良醫。不過，要做個良醫也不簡單，從他做實習醫生開始，我就在旁看著他一步一步行來，的確是一段非常艱辛的歷程。尤其是最後幾年，已罹腸癌，又幾經開刀，但奉命籌辦高雄榮民總醫院，自知自己來日無多，奮不顧身，完全投入。有時他北上開會，住在我家，我們深夜煮茶共話，談的就是正在創建的醫院，常說：「只要給我五年的時間，就夠了，就夠了。」最後，終於在一片廢置的蔗田裡，建立了一個現代化的醫院。然後，他像一支點燃的燭火，蠟涕滴盡以後也走了。

不過，德齡不是英雄，只是個平凡的人，如果沒有一夥和他有相同理想的人襄助，他的最後理想也是無法實現的。在高雄榮總籌辦之初，他就選邀了一批和他志同道合的優秀醫療工作者，南下拓荒。現在繼任的楊建芳院長，就是當初與他甘苦與共的得力副手。德齡不僅對他創建的醫院，並且對醫院擁有一群醫護人員更感到自豪，並深具信心。德齡的腸癌前後開了十二、三次刀，最後，可謂已柔腸寸斷，無處可以著刀。醫院同仁建議他出國動手術，德齡聞之，甚為不悅，他說：「如果連我自己都不相信自己的醫生，還要誰來相信！」所以，我一得病，第一個反應，就是南下高雄。

我初來臺大教書的時候，有幾年教醫學院新生的中國近代史。當年的醫學院也像現在一樣，是峨嵋山的金頂。能爬上金頂就可以看見佛光，可說是頂峰造極了。而且在所有科系之中，只有醫學系是書中自有黃金屋，書中自有顏如玉的。因此，進入醫學系的年輕孩子個個趾高氣揚，頗為囂張。我總是在最初的三、四星期，不講正課，只是訓人，等他們清醒以後，心平氣和了，才開始講書。因為良相與良醫皆不易為，良相治國，稍有不慎，誤盡天下蒼生。雖然良相與良醫同樣是對人，但良相所對的是社會眾人，良醫面對的卻是病患個人。一個病患不論多麼卑微，但卻和醫生同樣是個有家庭、有父母、有妻小兒女的人，自有他應被尊重的尊嚴，常道醫生視病患如親的醫學倫理，就在這裡。不過，當年暮鼓晨鐘的語言，也不知撞醒幾個青年人，如果有，他們現在該是良醫了，因為那已是三十年前的往事。因為一個醫生的成長，需要經歷一段很長的時間，尤其在這個功利的社會裡。

不過，這次在高雄榮總住院，遇到的卻是一夥默默奉獻的良醫。他們向我解說手術和醫療的過程，巨細不遺，即使有千分之一的可能，也都不厭其煩地說明，使我感覺我是個人，一個被尊重而有尊嚴的人。等我出院，走出醫院大門，再回頭看見大廳牆壁上為紀念德齡雕鐫的浮雕，突然想起他常說那句話：「我們雖然微不足道，但我們從事的工作卻是莊嚴的，因為許多尊貴的生命，都掌握在我們手中！」

第三輯
好個天涼

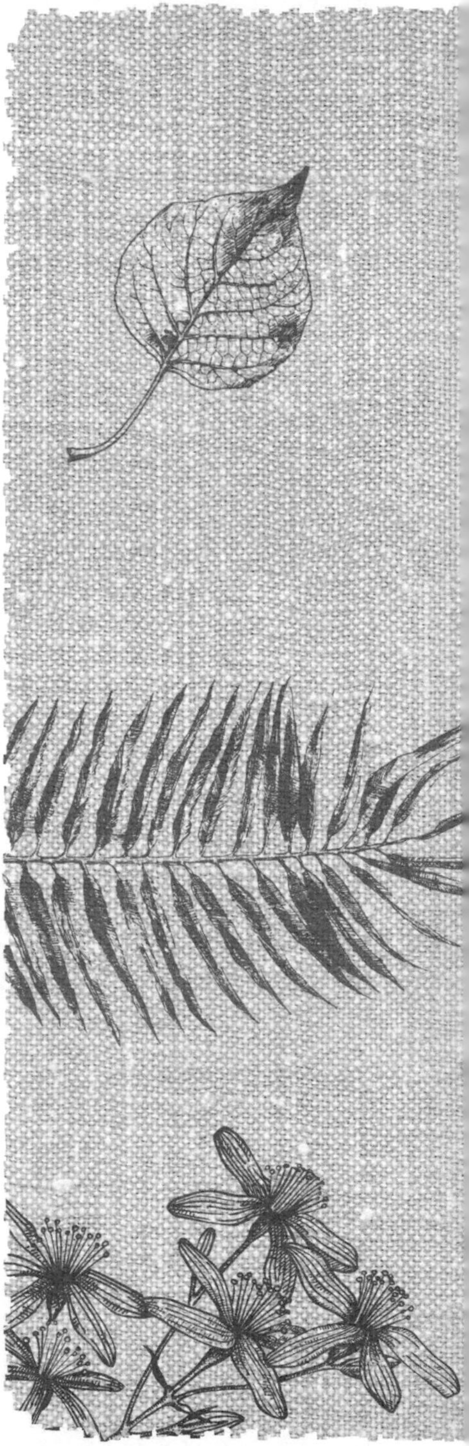

另一角落

暑假裡，經臺中穿橫貫公路到花蓮，剛下車落地，就打聽老柴的地址。老柴是我過去雙溪中學的同事，我離開那裡後，一直沒有聯繫。輾轉知道他去了花蓮。結婚生子，在一個中學裡教書，太太在家開了個小雜貨店，在那裡落了戶。兩年前過花蓮太匆匆，沒來及看他，這次行前就決定要找他，算算我們也有十多年沒見面了。

我終於找到他的地址，家住市郊。我坐車子到他家，在他家雜貨店櫃臺前站定。櫃臺裡站著個八九歲的女孩，看到一個不買東西的陌生人，就轉過頭向裡屋跑，一面跑一面喊爸爸。老柴後面走出來，我們對面相站著，乍見竟不敢相認，他瘦了，也黑了。不過等他張開嘴高興地笑時，露出一排整齊潔白的牙齒，半天才喊出一句話：「我的天，是你呀！」那聲音，那笑容卻是我熟悉的。我彷彿又回到十五年前寂寞單調的雙溪。

雙溪的確是個像很寂寞的地方，我去那裡很偶然。只因一次偶然的路過，看到河對岸的山腳下，有個孤零零的學校。心想如果能在這個青山環抱綠水繞的地方，教教書也不錯。於是，便過橋到那個學校去，學校正在放暑假，我走過野草橫生的沙石路，找到校長，說明來意，問他需不需要人。校長也是剛接事，接過我恰好帶在身上的臨時畢業證書，一邊說要我等等，一邊向外走，不到十分鐘我接到一張聘書。我回到臺北便向原來服務的單位，寫了份「請辭，乞准」的四字報告，整理了簡便的行李，來到這裡。

來這裡，火車必須穿過一個很長的山洞，然後火車再從這裡經過一串山洞，才到另一個濱海的小鎮。在四周青青山脈環抱裡，雙溪彷彿變成了一個被遺忘的另一個角落，寂寞地存在著。兩條清澈的溪流交叉穿過，兩座橋聯綴成的短街，幾分鐘就可走完。小鎮的東面是學校，火車站在西面。每天只有幾班火車離站單調的笛聲，沖破了小鎮短時的寧靜，平時是沒有車馬喧的，因為四周是山區，機動車輛無法行駛。

全校有三四百學生，他們有乘火車從山洞那頭來，有的從四周的山村步行來，每天早晨迎著太陽從各處奔來。下午像定時的潮汐，又退回大海，整個的校園像潮落後荒漠的沙岸。荒漠的沙岸上只留下幾個住在學校裡的老師，像棲在岩石上縮著頭形影單調的海鷗。所以，這裡的老師的流動性很大，每年都要換一批，因為誰都耐不住這無垠的寂寞。雖然鎮上也有一家簡陋的戲院，一個月總有近二十天空著，剩下十天演演過路的歌仔戲，中間偶爾也插上一兩部閩南語的影片。

同事們晚飯後，總會不約而同的，過橋到鎮上散散步。散步的終點是火車站，到了車站有的坐在月臺的候車的椅子上，有的倚靠著月臺的柵欄邊，等候一次上下行交會的火車到站。這次列車會帶回許多從山洞外世界回來的人們，雖然是陌生的，但他們卻是從過去自己熟悉的世界裡回來的，也會浮現一絲縹緲的親切。等最後一個人走下月臺，下行的列車已鑽進山洞，另一輛上行的列車也拖著冒出的白色煙霧尾巴，消逝在黑暗裡，收票員點數完收的車票，慢慢的關上柵門，轉過頭來對著我們笑笑，走進站長室，我們才悵悵然站起來，緩緩地向回走。雖然大家好像都有話想說，但誰也沒開口，只是默默走著，因為已經做完了今天固定的工作，剩下的不知該做些什麼。

尤其入冬後的雨季，細細綿綿的雨永遠滴不停，入黑的時間也比較早，街上除了有隻夾尾巴的狗，匆匆從這個簷下奔到另一個簷下，家家都關門閉戶了。大家撐傘從車站回來後，有的就在長長走廊上來回踱著方步，有的蹲在簷下，看雨水自簷邊流下來，跌落在雨水匯成的小水潭裡，泛起一顆顆小小的水泡，顆顆水泡剎那就破碎了，再就待另外滴下的雨水。簷外的路燈照出一圈蒼白的雨霧，像我們的生活一樣蒼白。

偶爾也會從要收市的市場裡買回一隻豬腳，或附近漁港剛打出的鮮魚，於是就興奮地燉煮起來。圍著熊熊的爐火，蹲在鍋邊，嗅著溢出香味，焦急地等待著。有一次竟打到一隻偷吃伙房菜餚的野狗，竟使大家高興得跳了起來。清理完畢燉熟已經雞啼，那夜帶著幾分烏梅與桂圓酒混合的微醺，回到自己房裡，倒頭便睡，任窗外的雨伴著溪裡淙淙的流水，一夜滴到天明。

只有在夏天，晚飯後，搭十分鐘的火車，就到了夕陽西下的海濱，漫步在黃昏的沙灘上。回首自己走過白色細細的沙礫中，印著一串屬於自己的腳印，突然一陣先驅者的喜悅，便悄悄爬上心頭。然後面對著海，目送朵朵歸霞飛去，在歸霞散去後的那抹殘紅裡，海天接處的波濤中，隨即浮起點點綠螢似的漁火。綠螢螢的漁火伴著一天繁星，一天繁星又襯著山巒後，初升的朦朦鵝黃月。漸漸夜深了，我站在那裡任漲潮的海水浸沒我的腳踝，白色的泡沫在似銀的月光下，滾落在潮濕的沙礫上，悄悄地消逝了。

我們來到這裡，總是搭最後的一次火車回去。當火車穿過那條長長隧道，迷漫在車廂裡的濃煙還未散盡，車已靠在小小的月臺，我們又回到我們生活的另一角落。在那個角落裡，沒有夢，也沒有理想，只是生活著，寂寞的生活，寂寞的存在著。

那年初一

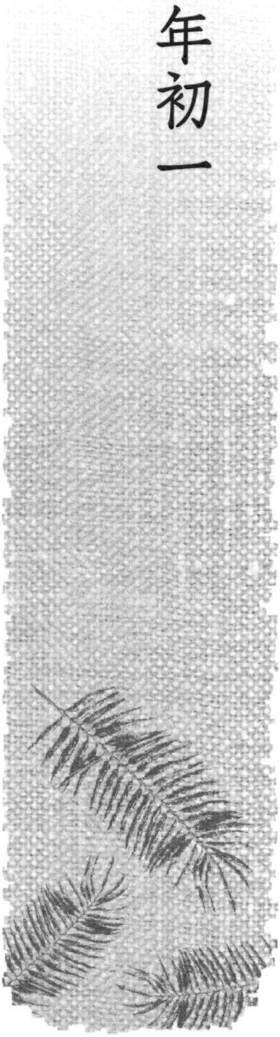

一

那年初一——

我們一家終於在兵荒馬亂裡，得到了喘息，漸漸安頓下來。雖然是異鄉度歲，母親還像往日一樣忙年，醃肉滷菜，剁餃子餡，蒸饅頭，……忙前忙後，從年前就沒停過。黎明，父親在我們兄弟的鞭炮聲裡，貼出了他寫的春聯：「何妨蓬萊小駐，青春結伴還鄉」。

父親將春聯貼妥，回頭微笑地看看站在他身後的我們幾兄弟，他似乎對目前的處境感到很滿意。是的，比起其他親朋倉皇走難，妻離子散，我們一家卻完整無缺，的確是非常幸運的了。然後，他說咱們進屋吃餃子吧。我們隨著他進了屋，看見母親正坐在榻榻米上發楞。見我們進來就說，今年沒餃子吃了。沒有想到前兩天剁好的餡子，因為天氣熱都餿了。母親說：「過年的天，穿單褂子，那裡像過年！」父親聽了笑著說：「沒有餃子，吃饅頭，不論怎說，總比去年好得多。」

去年，去年初一，周璇的「夜上海、夜上海，你是一個不夜城。……」還沒有唱完，我們一家就到了那裡。我們隨著洶湧的離亂人群，擠下了火車，月臺昏黃的燈光下，盡是蠕動的人頭，緩緩地向前移動著，彷彿是暴風雨來臨前，一群傾巢移居的螞蟻。我仰頭望去，一張張沉默的臉，從我身旁晃過，每一張沉默的臉都是那麼茫然。後來，我想每一個戰亂中，中國人的臉，也許都是這樣的。千百年來，中國人經歷了太多的苦難，但卻都默默地承受了。

擠出站來，迎面而來的是陣刺骨的寒風，不由地打了個寒顫。舉目四望，萬家燈火已在暮色蒼茫裡浮起來了。這個城市我是來過的，但當三輪車穿過街道時，這個城市好像也沒有從前那麼光鮮了。霓虹燈閃耀下的走廊裡，麕集著許多流離失所的異鄉人。偶爾有個從屋裡跑出來的孩子，點燃了一個花炮，告訴我們這是過年了，卻又匆匆被跟出來吆喝的大人扯了回去。……

好容易找到了家小客棧，放下行李，父親向茶房要了一暖瓶開水，就疲憊地靠在椅背沉沉入睡了。母親在零亂的行李堆裡，找到了那只藤網籃，打開後取出滷牛肉和饅頭，遞給我們兄弟幾個，輕輕地說了句：「吃吧。」然後轉身去料理行李去了。我看著她的背影被一圈燈光罩著，有幾莖白髮散落在黑色的棉袍上，顯得格外顯明。前後只有十多年的光景，她已經歷了兩次離亂。我還記得上次離亂裡，往往半夜裡她把我們推了起來，隨後說了聲「走！」就拉著我們奪門而出。門外是一片漆黑，西天有一彎殘月，遠處隱隱傳來斷續的槍響。……

就像昨夜，父親從老遠趕回家來過年，母親和他低低說了一陣。然後她站起來對我們說，把自己的東西清理一下，趕明一早動身。我問上那去？她說逃難。「不過年了？」我仰頭問。她罵了我一句：「我的小祖宗，逃難就是逃命，還過啥的年！」

我低頭咬了口冰涼的牛肉，撕了塊饅頭填在嘴裡。饅頭是昨天蒸的，牛肉是前幾天滷好又過油的。這是母親為過年準備的，沒有想到現在卻變成我們的乾糧了。我拂了拂落在懷裡的饅頭碎屑，抬起頭來，見大哥正倚窗下望。於是，我也起身湊了過去。樓下的街道中，往來的電車汽車和穿梭的行人壅塞在一起，突然使我想起冬日爐邊，母親正拆著毛衣，腳旁那團被小貓咪扯亂的絨線……我抬頭望望大哥，他的眼睛正望著遠方，也許正想著那首歌曲。在上次離亂的逃亡途中，我們實在走累了，賴在地上不走的時候，他就會從懷裡取出口琴來，吹奏那首曲子，那曲子是：「流浪到那年？逃亡到何方？……」

二

那年初一——

一覺醒來，已是近午時分，暖洋洋的冬陽又悄悄走進室來。落座在我窗前沙發上，我也跟著倚坐了過去。室內寂寂，我揉揉眼睛，端詳著空白的粉牆那兩抹紅，也許這是我客中渡歲，唯一的點綴了。那是昨夜醉後，我為自己寫的一副春聯：「蝸牛角上爭何事，火石光中渡此生」。這大概是白居易的詩句吧。為什麼在過年的時候，我會想起這兩句詩來呢。摸摸自己下巴上刺手的鬚髭，我不禁笑了起來，真的是少年弟子江湖老了，把許多事都看淡了，像杯一望見底的白開水，喝起來就沒有多大味道。

沒有爆竹的大年初一，實在不像過年。不知道這裡是什麼時候不准燃放爆竹的。記得我初次到這裡的時候，那年過年爆竹徹夜響。那是我第一次離開家人，孤獨地在異鄉渡歲。除夕夜，謝罷朋友家的年夜飯，懷著幾分異鄉人的蕭瑟，踉蹌出得門來，已經夜深了。

舉目望去，夜空裡有疏星數點，長巷裡孤寂街燈，映著道旁飄零的枯葉，一陣風來，吹散了我胸中幾許酒芳的溫暖。心想雖然沒有家，還是回去吧。於是，趕上過海的渡輪，今夜的渡輪似比往日冷清多了，除了少數的乘客散坐著，還有一伙不同顏色頭髮的異鄉人，聚在後艙的一個角落，他們似也感染了中國節日歡欣，正喧笑的談論著。我揀了個靠船舷的位子坐定，探首船外觀看海峽兩岸燦然的燈火。這的確是個奇怪的地方，逢年過節，沿岸的高樓華廈，都張燈結綵，火樹銀花光耀炫目。這真合了我們的那句老語，陰陽合曆，你過你的年我過我的年了。沒有想到這彈丸之地，竟有這麼廣大兼容之量。當渡輪航行在海峽當中，突然港裡船舶的探照燈都亮了起來。許多不同大小的光柱，在海峽上空交叉穿梭往來，兩岸的爆竹聲驟起，和岸邊鐘樓的鐘響，港裡船上的汽笛聲交織一片，我茫然四顧，真不知此身何處了。

渡輪泊岸後，穿過喊著恭禧的人潮，在綿綿不絕的爆竹聲中，回到自己的研究室，扭開桌上的檯燈，桌上攤著還沒有讀完的書，又開始閱讀起來，真的是今夜無眠非守歲，只恐有夢到家鄉了。

這幾年都是在此渡歲，雖然沒有爆竹聲響，但卻無需向人拜年，許多瑣俗都免了，倒是過個安靜年。因此也沒什麼異鄉惆悵之類的感嘆了。也許是世事如今已慣，此心到處安然了。只是我還沒有灑脫得像那些街旁的哲學家，超越到世事與我兩不涉的境界。

是的，這裡有許多街旁的哲學家，他們在繁華熱鬧的街旁，或倚或坐或躺臥。但他們卻不是乞丐，因為他們從不伸手向人乞討。他們除那身一年四季穿的衣服，和身上繫掛的塑膠袋外，則無他物。他們終年不梳不洗，髮長及背，像肩負著一床積塵甚厚的黑毛氈。滿臉污穢，只剩下一雙眼睛，留待白眼觀世。有時他們會手執一瓶啤酒，手夾一支香煙，踞蹲在那裡悠然地淺酌低啜，一任萬千匆忙的腳步，從面前經過，他們卻不願抬起頭來以青眼相看。他們不四處溜逛，只是默默地存在在那裡，這世界的千變萬化，已截然和他們無關了。也許他們默默存在並不代表什麼，只是對瞬間千變萬化的現代文明，一種無言的抗議或無奈，也許他們心中還隱藏著一個更深邃的境界。我想當年的竹林高士可能也是這樣的，只是他們現在隱於人車喧囂的街頭。過去希臘的哲學家在市場或井旁與人論道，都已到達了無言的境地。對於這些人我無以名之，只好稱他們是街旁的哲學家。

的確，當人們都在熱鬧或歡樂的時候，自己能保持一份心境的寧靜，也是一種享受。於是，我披衣而起，心想趁著這小陽春的天氣，到外面走走。我乘船離開這裡，隨著船尾翻起的浪花，漸漸掙脫了這石林聳立的城市，然後在外島的一個小漁村下船。這裡原是夏天人們游泳的地方，現在遼闊的沙灘闃無一人，顯得格外空曠了。我在沙灘上坐了下來，身後是青翠的山巒，面前是寧靜的海。午後的斜陽撫摸在我身上，最後我終於躺了下來，舒展著四肢。天是那麼湛藍，偶爾有隻海鷗迴旋飛過，四周靜悄悄的，除了海浪輕叩著沙灘的聲音。

那年初一，刮的是輕柔的東北風。

好個天涼

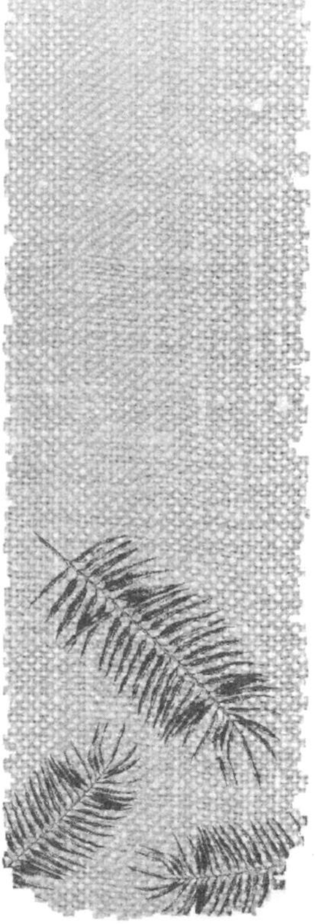

聽蕭蕭的敲窗風，看淅淅的簷外雨，摸閒白的鬢上髮，然後淒然一笑。就這樣，我悄悄踱進了「不惑」。

一寸夾在指間的煙灰，突然掉在玻璃墊上，碎了，散了。於是，很多的事，像裊裊上升的煙，輕輕的，悠悠的環繞著我飄浮起來，但卻是那麼鮮明，彷彿似兒時過年穿的紅底綴著藍花的棉袍。

我記得，山城沒有警報的日子，我背了書包，獨自爬上山坡呆坐，回家時，看見站在門口焦急等候的娘，展開了失而復得的興奮笑容。我記得，年高的祖母帶著離別已久的三弟，從淪陷的故鄉，穿過敵人的封鎖線來奔。全家扶著她老人家，看門前一片燦爛金黃的菜花田裡，群群起舞的春蝶，心裡卻被烽火中骨肉團聚的歡欣溫暖著。我記得，剛拋開山巒邊那抹微紅的殘月，經過一夜的逃亡，驚魂甫定，四弟誕生了，但隔山卻又響起敵人追逐的槍聲。我記得，父親從前線游擊歸來，山風拂動的熒熒的桐油燈，映著他滿臉的風霜。我記得，帶著弟弟們去游水，回來怕挨娘的竹節，偷偷溜進家門時，卻看見大哥跳躍著狂呼：「我們勝利了，勝利了……」

我還記得，滄浪亭的月色，虎丘上的斜陽，北寺塔的塔影，玄妙觀的燈光；還有青杏年紀留下愛上城樓的詩篇。我又記得，穿過那一望無垠的青紗帳，看到孤立在風沙裡，故鄉殘破的城垣，卻沒有撿回兒時騎竹馬的歡笑。我也記得，大年夜家裡正忙著包餃子貼春聯，娘卻匆匆過來，催我們快整理行裝，又要開始一次漫長的流浪。

聽罷敵人的飛機和槍砲，和一些在戰爭裡垂死的呻吟，又經歷了不斷的流離，使我金色的童年也塗上一層憂患的滄桑，本來原該屬於抱琵琶唱大江東去的我，卻徘徊在窗外雨潺潺裡，往往彈出弦斷有誰聽的調子，透露了幾許難抑的蒼涼。

曾在四海奔騰似永嘉裡生活過的人，都會有桃花源的渴望。於是，那個武陵漁人，又在每個動亂的時代一再現身。雖然這是一個沒有山林的時代，但讀過八個小學，五個初中的我，同樣也希望有個不再遷播的環境。這二十多年裡，我自弱冠到而立，現在又邁進不惑，的確過了一段難得安定的日子。過去一個慘綠年少，現在卻已兩鬢星霜了，的確該有個很大的轉變的。但不聞兵革之事久矣，我沐浴在一池無波無瀾的春水裡，也感染了暖暖的懶洋洋，早已忘卻冰封的酷寒了。

後來，幾度離開這裡，在異國作蜻蜓點水的飄泊，那種遺失了很久的憂患感受，又再重現。一次走過黃昏的京都街頭，突然發現路旁樹立著一塊石碣，上面竟鐫著「昭和某年某月武漢佔領」。每次到圖書館經過那個學寮，又看到樓頂的白牆上，刷著毛××思想「萬才」刺眼的大紅字。這才提醒我自己，原來我們是生活在颱風眼裡。雖然我們這裡是一片藍天的晴朗好天氣，但在四周卻有隨時可能捲起的狂風暴雨，我們的確該居安思危的。

也許我們在颱風眼裡生活過於安定，而有太平盛世的幻覺。因此，當十、二五風暴突然捲起時，的確使我們有驚惶失措的感覺。就在那風暴捲起後的第三天，我通過了考試，我爬過蔓草橫生的山坡，來到娘的塚上，默默地磕了三個頭。沒有香燭，沒有紙箔，也沒有鞭炮，更沒有傳統告祭的狂喜。只因為高中畢業那年，又是數學不及格而留了級。為了怕看那些憐憫的目光，躲到大哥教書的鄉下去。每次都騎快兩個鐘頭的腳踏車，進了市區繞大街穿小巷，像個在逃的囚犯偷偷回到家裡，看著父親的愁容，聽罷娘的沉重嘆息，然後又匆匆離去。有一次離家時，天快落雨了，我頂著狂風驟雨騎過一個山坡，發現來時的那座小木橋，被暴發的山洪沖走了。我呆呆地扶著車把，望著腳下奔騰的濁黃溪水，四周雨幕遮蔽著白茫茫的一片。想到自己從讀書以來，兩次留級，二度開除，中間還看過一次鐵窗外的藍天，的確傷透了爹娘的心。難道我真像那個縮著脖子，戴著千多度近視眼鏡的老師所說，頑劣不堪造就了？雨歇後，我的面頰還是涼涼的，不知道那是髮上滴下的雨珠，還是眼裡流下的淚水。……

現在，我居然也獲得了。我孑然獨立四顧，陰霾的天空像面降落的旗，從對面山頂扯下來，一陣靡靡的雨粉飄洒在娘的墳臺上。墓道外，幾棵失雨乾枯的小柏樹在風裡搖曳著，這是陰黯欲雨的日子。一朵沉重似鉛的雨雲，墜落在我心上，也墜落很多人的心上。於是，那二十年前的茫然又籠罩了我。因此，歸來寫信給父親報告說：「國事如此，個人意外收穫之塵土功名，似已不足道矣。」

所以，當許多人開始浮動時，我卻沉寂了。但卻因為我贊同在浮動的人群裡，那個孤獨影子寂寞獨白的某些觀點。因此，就有人指著說我是那影子的化身。於是，許多喧囂的聲音，從四面八方傳來。我含著煙斗淡然一笑，走過月夜的椰林大道，望著自己身前移動的影子。喊道：「你在那裡？你在那裡？」後來卻發現自己是站在文化回歸的圓點上。然後，我奔向海濱，站在潮汐退去後的沙灘上，望著那艘剛出港的漁舟，彷彿被狂濤吞沒了，但不久卻又安然地從那個浪濤裡湧出。那正是我要尋找的，因為那正是我們共同坐的一隻船。

一陣涼風迎面撲來，才知道自己真的走進了「好個天涼」的年紀。雖然我欣賞那份詩的涼意。不過，還不準備藏到陶淵明那種自我封閉、自我逐放的境界裡去。

牧童遙指杏花村

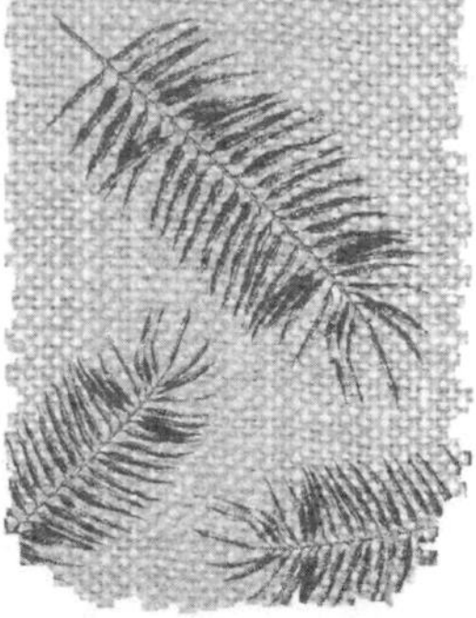

讀杜牧的「清明時節雨紛紛，路上行人欲斷魂，借問酒家何處有？牧童遙指杏花村。」就會使人有江南三月，煙雨濛濛，芳草萋萋，綠柳輕飄，燕子橫飛的聯想。沒有想到讀《豐縣縣志》，才知道「杏花村」竟在我的故鄉。

我少小離鄉，對故鄉的景物只有朦朧記憶。記得故鄉有城門，有牌坊，石板路，城外有座塔，孤零零地豎在秫稭地裡。有刮風的時候滿街土，下雨的時候一街泥。黃牛拉著大車過街，濺得泥漿四起，除此，我什麼也不記得了。

勝利後，住在蘇州。祖母過世，奔喪回家，坐津浦線到徐州，然後轉汽車還鄉，正逢陰雨綿綿，車路難行。路上行行停停，有時車輪陷在路上的泥沼裡，只是車輪在泥裡打轉，車子卻無法開動，不得不從村子搬來石滾、磨盤、寨門墊在底下，再用牛把車子拉出來。短短的路程，黎明動身，傍晚才到。

回到縣城，覺得故鄉更殘破了。經過八年的抗戰，再加上幾年國共在這裡進行拉鋸戰，損壞更大。同時故鄉人，不論男女老幼都是一襲或灰或黑棉袍棉襖，襯著灰色陰霾的天空，更給人種蒼涼的感覺。在離亂裡離開故鄉，現在又在漫天烽火裡回到故鄉，前線戰事正吃緊，祖母的靈柩，在一排槍兵護衛著出城下葬，我們又在戰亂裡匆匆離家。這是我對故鄉留下的最後影像。後來年事漸長，讀《史記・高祖本紀》，我常常想，也許只有在那種悲涼的環境裡，才能產生「大風起兮雲飛揚」的豪邁作品，誰又會想到那裡會存在一個江南詩情畫意的杏花村呢。

但杏花村的確在豐縣，據《豐縣縣志》卷十五古蹟類名勝條下，明白記載：「杏花村在縣東南十五里，唐杜牧詩，借問酒家何處有，牧童遙指杏花村即此。」

白居易有首〈朱陳村〉的長歌：「徐州古豐縣，有村曰朱陳，去縣百餘里，桑麻青氛氳，機梭聲扎扎，牛驢走紛紛，女汲澗中水，男採山上薪……」按《豐縣縣志》卷十五有段這樣的記載：「朱陳村惟朱陳兩姓居之故名之，離縣二十里，在趙庄開河得古碑於此，始信白香山詩中所云，去縣百餘里，殆未至其地，而譌傳歟。」白居易雖然沒有到過朱陳村，但他詩裡描繪朱陳村嫁娶的情況卻非常熱鬧，所謂「世法重禮教，士人重冠婚」。後人繪成〈朱陳村嫁娶圖〉，後來蘇軾看到這幅圖，曾寫了兩首詩，一首詩是「何年顧陸丹青手，畫作朱陳嫁娶圖，聞道一村惟兩姓，不將門戶買崔盧。」從詩裡可以知道蘇軾也沒有到過朱陳村。但蘇軾曾作過豐縣令，他的另一首詩：「我是朱陳舊使君，勸耕曾入杏花村，而今風物那堪畫，縣吏催錢夜打門。」雖然蘇軾沒有去過朱陳村，卻到過杏花村。這兩首詩都是蘇軾離職後，看到〈朱陳村嫁娶圖〉，對他在豐縣生活的回憶，而寫下這首詩。從他詩裡可以知道，他為「勸耕」曾入過杏花村。

李甘霖有首〈杏花村懷古〉：「村墟幾處長煙蘿，四野青青草色多，舊日使君曾一到，至今猶自憶東坡。」李甘霖是康熙六十六年的貢生。《縣志》有他的傳：「字皆沾，恩貢生制，不染俗棼，詩文兼善一時，從學弟子咸有蘇湖教授風。」

李甘霖遊杏花村時已經很荒蕪了。不過在明代時，這裡還有酒家，並且在杜牧尋沽處立有碑，莊誠的〈杏花村〉詩寫道：「斷魂昔日尋沽處，異代而今尚有碑，勝地古來有行跡，行人今去幾多年，年年二月過春雨，日日斜陽照酒旗。好像東風乘一便，牧童歌裡泛清卮。」莊誠曾於明隆慶八年擔任豐縣令，《縣志》有他的傳：「成都人，錢糧先給清單，詞訟能判疑網，間含洞，城無積潦。建社倉，野有藉資。改遷駕庫以遵君，創起文臺以作士，皆時政之所未及者，陞趙州知府。」

莊誠是後來豐縣懷念的好縣令，他遊杏花村留詩詠唱。在清代有縣令留下關於杏花村的詩，還有盧世昌。盧世昌在雍正十年擔任縣令，做了很長一段時間，並且重修了《豐縣縣志》，現在刊行的《縣志》就是據他修的版本。《縣志》上有他的傳：「字緬齋，貴州普安州進士，釋褐涖豐，性慈和，心地純摯，政暇喜延訪文人，商論經史，每月課士詩文，親為評解，士皆感悅，豐舊有志，文嫌疏略，歲久板亦缺損，公集多士，重修之。博訪耆舊，廣搜遺書，明體例，慎去取，而全書遂詣精詳……」他曾因黃河改道為豐縣縣民，種公有秫稭田，減少縣民負擔，為地糧的問題與碭山人民發生爭執，曾「披瀝上陳，為民乞命，請至角之，致干憲命」。而他「屹不為動，堅執以去就爭之，卒得請，民如獲更生。」所以他去職的時候，「老弱攀臥不能留」，他的確是一個好父母官，縣民並且為他立了生祠。由於他「政暇喜延訪文人」，並且親為士人評解詩文，他的詩寫得不錯，而留下許多寫風物詩，如「九折黃河一氣奔，漢高故里至今存，賤貧自不關豪傑，酒色何曾損至尊。」他那首〈過盧綰故宅〉，寫道：「朝來策馬過中陽，傳說吾家舊日王」等，除了這些之外，他有兩首關於「杏花村」的詩，一首：「紛紛雨過草痕肥，茆店深深半掩扇，一例杏花間似昔，青帘輕颭燕雙飛。」另一首：「何必尋春恨較遲，杏花新放兩三枝，酒家亦是尋常事，不及杜牧風流詩。」

杏花村的杏花在當年一定很美的，除以上杜牧、莊誠、盧世昌的描繪外，在杜牧以前張籍就有詩描繪過，他有一首杏花村詩：「一去瀟湘頭已白，今朝始見杏園春，從來遷客歷無數，重到花前有幾人？」因此，從這些詩裡所描繪的故鄉的景物，至少在過去不像我所看到那麼灰暗，而且是春光明媚，並且有幾分江南情趣。那裡不僅杏花美，桃花也非常美，詹榜有首〈古豐桃花行〉生動的描寫：

武陵桃源事絕奇，桃花流水莫可追，問津漁人今已邈，遍舟欲往何處之？余遊古豐西廓外，武陵佳景忽在茲。桃花縹渺三十里，殷紅嫩萼何所離，或如石字錦布帳，或如實婦迴文機，或如赤城霞乍起，或如楓岸葉低迷，或如丹砂煥彩幡古鼎，或如騂騮汗血浴天池。得非珊瑚出底出，毋乃曉日照芙漂，宛似洛神囊絳雪，猶疑明妃灑淚濕胭脂，悠然共坐花影下，不覺心曠而神怡，更覺麥浪相映綠……沽來新豐酒，痛飲倒金巵，處處桑麻隔宿雨，村村雞犬出東籬。置身已在桃源內，安問秦漢與軒義？

詩並不是好詩，但卻繪出了桃花的種種形態，並且也道出了豐縣西關外，竟有綿綿三十里似桃花源的桃林。

過去豐縣有許多河道，後來因為黃河改道而淤泥了。最大的一條河是泡河，《縣志》上記載：「在縣北，去城百餘步許，上接單縣，下循沛，東入泗，（明）正德己巳，黃河入泡，行三十年，遂淤。」酈道元的《水經注》，說泡河「水深酷寒」。明郭天錫的〈泡河〉詩：「波光瀲灩月娟娟，一色遙連萬里天，擊鋏魚船聲振野，使君一夜不成眠。」這是黃河未改道前泡河的熱鬧景象。黃河改道以後，情形就不同了，蔡岳佐的〈泡河〉詩：「泛泛洪流接這沙，郊原無復種桑麻，堤橫夕照遊寒兔，樹帶晴雲噪暮移，林外荊榛高帝宅，水邊籬落野人家，中陽往事君休問，惟有漁翁艤釣艖。」經過氾濫以後，杏花村荒了，桃花也稀疏了，剩下的只是「漢家宮闕半滄桑」了。

一幕沒有演完的戲

記得我小的時候歡喜變貓裝狗，換句現代話說，很有表演才能。不過，童年正在戰時，生活的地方都是偏遠的小城鎮，很難有機會看表演的，如果有，也只是偶爾在大操場，看政工隊表演的文明戲。

勝利後，復員到蘇州，父親在那裡做父母官，我成了二少爺。一次，那裡的影劇協會理事長給我一張名片，上面寫了幾個字。這幾個字很值錢，看電影上戲院都不用買票。片子一亮，就可以劃位子進場。

當時戲院都集中在北局，電影有大光明，開明唱京戲，話劇在金星演出，地方雜戲在樂鄉。我剛上初中，從後方來到這個吳儂軟語的地方，上課講的是方言，最初我一句也聽不懂。

於是就開始逃學。每天小周拉車送我上學，轉來轉去，從觀前街的玄妙觀，最後就轉到這裡，在這裡消磨一個下午。

電影從《八千里路雲和月》、《一江春水向東流》，一直看到《艷陽天》、《夜店》、《萬家燈火》。有時一部片子看好幾遍，裡面有些臺詞，到今天還記得。開明的京戲，因為地近上海，常有名角表演，林樹森曾在這裡水淹七軍，陳鶴峰在這裡跑過城。于素秋剛出道，耍槍掉下臺來。金星也常有明星來跑碼頭，嚴俊的《雷雨》，石揮的《陞官圖》，張伐的《家》和《日出》都在這裡演出。地方雜戲有陳笑亭的《偽巡長》，范雪君的彈詞《珍珠衫》，看戲我倒不專一家，有戲就看，有時一下午進出好幾個園子。

因為逃學沒有上過課，回家來當然沒有功課可做，閒下來就把當日看的戲學一遍，那時家裡剛買一架收音機，附送了一本《大戲考》，其中包括了京戲和各種地方戲曲，還有當時的流行歌曲。我拿了過來，沒事就讀戲。所謂讀戲就是把《大戲考》所載的戲詞背下來，對於讀戲要比讀書有興趣多了，也用功多了。逢到不懂的一定要把它搞通，有次其中有幾個字不認得，我竟拿著《大戲考》去請教父親，父親一看我問的竟是《大戲考》上的字，怒從中來，劈頭就是一巴掌，罵道：「沒出息，去當戲子好了！」我挾著《大戲考》抱頭鼠竄，接著往後幾天，不敢上樓和父親同桌吃飯。

後來，我真的要去當「戲子」了。我看一個劇隊，大概是演劇第三隊吧——演《秋海棠》，我被戲裡的梅寶迷住了，我看著她坐在那裡，雙目含淚，大眼睛一閃一閃的，實在「楚楚動人，逗人憐愛」，當時我還不懂這句詞。不過，我看了很喜歡就是了。但不知道是歡喜那個角色，還是歡喜扮這個角色的那個人。因此，有了煩惱，也許是少年維特的煩惱。經過幾天的盤算以後，我終於寫了封信給那個劇隊，我說我想參加他們的劇隊。沒有想到他們接到我的信後，竟派人來和我接洽。那天也許是星期天，我可以名正言順地留在家裡不上學。站在樓上東張西望，突然看見一個身著戎裝，腰掛武裝帶，足登馬靴的軍人，手裡拿了一封信，進門指名找我，我一高興就往樓下跑。沒有想到傳達竟帶他去見父親。於是我知道這次可能真的闖禍了，過去半年的老帳都會被翻出來，趕緊躲進房裡。不一會，父親果然叫人找我，我進了父親的書房。父親手裡拿著我的信，似盛怒未息。一見我就罵，「成什麼樣子，成什麼樣子！放著好好的書不唸，要去走江湖——（我信裡好像有這句話。）……還不給我跪下。」我很快地就面向牆壁跪下了，因為這樣免得挨揍。父親結結實實地把我訓了一頓，接著搖電話給教育局的王局長。

果然，第二天一早，我帶著行李被押著到學校，交給校長張神父。從此我就住了校，學校對住校的學生管得很嚴，住宿生星期日晚上到學校後，直到星期六的下午才准出校門。不過，到星期六放學，我並不直接回家，總是先在北局連看兩場電影。

對於這次江湖沒能走成，我心中一直悶悶不樂，總覺得天生我才沒有施展的機會。後來機會終於來了。父親調到省裡工作，時局也開始動盪。上海開始鬧學潮，反饑餓大遊行。一向平靜的蘇州也隨著動盪了。中學生都在家裡吃得飽飽的，沒有理由反饑餓。於是有人——我想當然背後有人，製造了個理由，說學費太貴繳不起，我們必須自助。於是聯合各學校成立了助學聯。許多愣頭愣腦的毛孩子，滿街拉人捐錢。並且硬向人家門上抹漿糊貼春聯，當然春聯是要錢的。搞得滿城風雨，一街亂糟糟的。後來不知誰提議說強人募捐與賣春聯籌不到幾個的錢，不如來個賣票義演。關於這件事我當然贊成，於是開會討論，選定劇本。事還未決，因為助學聯事情鬧得太大，引起了治安當局的注意，下令停止，義演的事就無疾而終。

助學聯雖然停止了，有人認為大家對演戲的興趣甚濃，不如組織一個劇社。學不助可以，但戲卻不能不演。於是就組織了「蘇州戲劇研究社」。會演與不會演的助學聯大小頭頭，都參加了這個劇社。所以，這個劇社是助學聯的核心份子。我雖不是核心，但由於對戲劇興趣濃厚，也敬陪末座。

劇社成立了，但沒有社址和排演的地方。我自告奮勇說可以設在我家。當時我家的宅子很大，我獨住後樓，有兩間很大的房子可作社址。我家還有兩三畝地的花園，花園裡有幢很大空房子，是堆燒灶的稻草用的。面積很寬可作排戲用。這個提議立即被接受。回家我便對母親說有同學想借我們家演戲玩。母親很好客，說玩玩可以，可不能真當戲子。於是劇社就搬進了我家。

劇社搬進我家以後可熱鬧了。三四十人出進我家的大門，最大的不過二十出頭，小的十五六，我是這些人中最小的一個。放了學之後有的連家也不回，背著書包直接到「社裡」來。沒吃飯的，我得叫廚下準備晚飯，另外還有宵夜和第二天的早飯。所以，我不僅提供了社址和排演的場所，並且還供應膳宿。晚上有些男女同學不回家，就住在「社裡」，女的住裡屋，我在裡屋多架了幾張床，男的睡外屋比較簡單，將鋪在地上的地氈拉過來，蓋一半就成了。

大家來了，各有各的工作，有的對臺詞，有的到後面排演和畫景片。有的用凡士林調油彩，有的畫廣告畫，也有在練唱歌舞蹈的，好不鬧熱。這樣忙了兩三個月，我們的戲終於上演了，但竟演的是幕兒童劇：《巨人的花園》，雖演出的效果很好，但我總覺得有些不過癮。

接著我們又排了些像樣的戲，像《雷雨》、《大馬戲團》之類的，我在裡面飾魯貴與班主，還沒有到演小生的年紀，竟演起老生來了。不過這些戲都沒有場地上演。但，卻排了些獨幕劇，練了些合唱、朗誦詩，還跳秧歌支援許多學校的晚會。在這段日子裡，我完全沉醉在戲裡。不僅在排戲的時候，就是在學校上課或放學回家走在街上，嘴裡唸唸有辭，有時也會哼著《雷雨》裡，魯貴哼的「花開花落年年有，人過了青春，哎……沒有少年……四鳳呀。」或者「當海上的空氣有點腥有點鹹的時候，我們架著一帆小舟……」我比較喜歡的《日出》裡的那句：「太陽出來了，太陽不是我們的，我們該睡了。」真是人生如戲，戲如人生。不過我還不能了解這句話的意義。因為我正在少年不識愁的年紀。

冬去春來轉眼又到了夏天。後樓走廊上掛的一排火腿、風雞也被我們吃得差不多了。這時父親從省城回來，大哥因為學校罷課，也從上海回到家裡。大哥逢他們學校罷課，就約幾位知己去遊山玩水，這次大概也是倦遊歸來，回到家裡休息些時日。他們發現家裡被這群孩子搞得天翻地覆，男女混雜不成體統。因為父親在蘇州做了一任父母官，名聲很不錯，老縣長公館是從來不查戶口的，所以，不論外面多緊，這裡最安全。於是父親和大哥商量以後，限定劇社立刻搬家，並且要我和劇社即時斷絕關係。

對於這件事，我心裡老大不高興。怎麼在家裡玩玩都不可以呢？好在不幾天，父親和大哥又相繼離去。臨行時再三囑咐母親好好看管我。不過，父親和大哥走後，我和劇社還維持著藕斷絲連的關係。劇社計畫外埠公演，正在排曹禺的獨幕劇《正在想》，我又被派演裡面的主角「班主」，這時學校也放暑假了，其實放假不放假也沒有關係，反正在學校也沒唸過一句書。

我們在外埠演出的地點是常熟，常熟的安伯伯是父親至好朋友。因此我被劇社派為先遣部隊，去常熟接洽全體人員的住所，和在街上貼海報。於是我回家收拾了幾件換洗的衣服，稟告母親說到同學家去渡幾天假，就和另一位社友，登上小火輪一路青山綠水到了常熟。先遣部隊的工作也不輕鬆，除了接洽演出場地，和幾十個人的食宿外，還得揹著漿糊滿街貼廣告，的確是非常辛苦的。

這次演出非常成功，除日夜兩場外，還加演早場，慰勞榮譽軍人，場場客滿，捧場的都是穿著灰單服胸前繡著紅十字的榮譽軍人。就憑著胸前的那個紅十字入場不必買票。有些老總一天三場都來看，我們一共演了八天，他們是風雨無阻，裡面的臺詞都會背了。我記得其中有一句，「我們錶一點——那就是三點半了。」在講這句臺詞的時候，中間要頓一頓，作略加思索狀。我還沒有說出來，下面就接上了「那就是三點半了。」我聽了心裡有氣，就改為「四點二十五了」，臺下哄起爆笑。這些老總似乎對我有偏愛，散場後擠在後臺口，請我去吃糯米酒。於是我和他們在小館裡，大碗喝酒，大塊吃肉。然後扶醉而歸，躺在宿舍的課桌拼湊的床上，昏昏入睡，當時我們的宿舍是借的小學課室，那時我才十五歲。彷彿真的是此身已在江湖中了。

等我走罷江湖回家，父親已經坐在客廳。他的盛怒豈止勃然。馬上要我收拾行李，到上海大哥那裡去，住到暑假結束才回來。這樣才和劇社完全脫離關係。四九年農曆除夕，我們全家又開始逃難，從蘇州到了上海，住在旅館裡。有友人專程到上海旅館來，說如果我決定不走，可以進熊佛西辦的上海劇校，一切手續都辦妥了，只要我點頭就行了。母親堅決地說，「不行！我說不行就不行！」她又對父親說：「這四個兒子我繫在褲腰帶上，我逃到那裡，他們就得到那裡……」

後來，我想，我演的這幕戲，並沒有落幕。我所扮演的，只是現在動亂中國悲劇中一個小的場景而已。如今，這幕戲還在上演著，你和我都在其中。

山城
——獻給過世的娘

我彷彿還記得，我是坐在籮筐裡，被腳夫擔著穿過群山峻嶺，來到這小小的山城。那時，正是第一次長沙會戰後不久，我才五歲。

在山城裡，住了一年多，因為父親到戰區受訓，大哥到外地上學，三弟隨奶奶留在陷區故鄉，四弟還沒有出世。有半年的光景，我度過一生中，唯一一段與娘相依為命的日子。在那青山環繞的山城，城裡住著形影不離的娘和我。雖然事隔三十年，而娘又過世七年，我仍然感覺到在山城起風的日子裡，娘解開衣服把我擁在懷裡，一雙手臂又緊緊環繞著我的溫暖。因此，在我幼小的心靈裡，就直覺的認為娘是山，我是被山環繞的城。

山城的生活是寂寞單調的，但在二五八趕場的日子，也會帶來短暫的繁榮和喧囂。住在四周山裡的人，他們像定時的潮汐，懷著節日的歡欣，嘻笑著聚在城外山邊，用他們多餘的東西，易換他們所缺少的。每逢趕場的日子，娘就牽著我到南門外來，買些我娘兒倆日常需要的東西。我像早晨被主人帶來蹓躂的小狗，掙脫娘拉緊我的手，在人群裡穿梭奔跑，但每樣東西都能引我駐腳。我會買一個銅板的酸蘿蔔，又買一個銅板的麥芽糖，蹲下來看一會猴兒戲，又跑去聽拉西洋景的說一段八百壯士守四行。

不過，最後總是在牛市裡停下來，看那初生的小犢圍著母牛轉圈兒，然後悄悄走過去扯小牛犢的尾巴。這時牛行人就會停止他的手談，走過來說：「娃兒，莫纏，別處去耍。」娘適時走來找到我，帶著責斥的口吻說：「死鬼，你扎到那去了！」然後又向牛行人陪個笑臉，牛行人也跟著哈哈地笑著說：「大嫂，我逗你家胖娃兒耍的。」我對那牛行人的確有幾分畏懼，因為他站在我面前，像一座鐵塔，我仰著頭看見的，是他坦露胸膛上的那叢茸茸的黑毛，再往上是他的絡腮鬍子，最後是他頭上那堆灰色的纏頭布。雖然這裡有很多人，像山裡的苗子一樣纏頭的，可是牛行人的那個卻顯得特別大，當時我就不懂，為什麼他光著膊背，而要把衣裳穿在頭上。我每次問娘，娘都笑著回答：「怕招了涼，頭痛。」

趕場的人到中午漸漸散去，山城像正午在城頭點放的午炮，轟然一響後又恢復往常的平靜。雖然下次場上我又會遇見牛行人，但仍然盼望二五八快些來。

我很難判斷牛行人是好人還是壞人，因為不逢趕場的日子，我經過他家門前時，他會一手摸著突出的肚皮，一手拿著一塊米花糖，瞇著眼睛逗我說：「胖娃兒，來吃糖。」但我始終沒有接過他手裡的糖，而繞到街的另一邊匆匆跑掉。不過，在我印象裡城外山裡的壞人，似乎不少。因為隔不久，穿著灰色制服的自衛隊，就會從山裡鏟煙苗或抓土匪回來，他們把槍橫扛在肩上，隊伍蹣跚地從街上走過，走在最後的一個人，還用扁擔擔著幾顆用石灰醃過的人頭，娘說那是壞人的頭。雖然那些自衛隊的士兵都很喜歡我，有時我經過縣政府的時候，他們會把我舉起來，又用鬍子刷我。但我卻比怕牛行人更怕他們，因為我常常聽人家說，他們是用人肝下酒的。

早晨我常常被一陣淒厲的號聲吵醒，我知道又有人出西門了。於是光著腳跑到門口，看著兩排上著明亮刺刀的兵士之間，夾著一個「出西門」的人。那些出西門的人都是五花大縛，背後插著一根亡命旗。這些人有的被兩個士兵架著，已面無人色陷入昏迷狀態中，有的卻昂首闊步破口大罵，一副二十年後又是一條好漢的神態。後來我漸漸分清那些昏迷的，多是種煙苗的，那些昂首闊步的，多是江洋大盜。他們後面跟著一位騎馬的官長，他的臉永遠那麼嚴肅與木然。每次我都跟著看熱鬧的人，走在那位官長的馬後，可是每次都被娘抱回來，站在那裡怔怔地看遊街的隊伍遠去，不久西門外傳來一陣急喘的衝鋒號，接著又是一兩聲槍響，這時娘就會輕喟地說：「壞人是不能做的。」

娘似乎對好人和壞人的界限，分劃得非常明確。所以我常常問娘，在好人和壞人中間，我是那一國？娘說，我是好人國，不過，接著她補充一句：「乖兒，好好唸書，來日好好做個好人。」當時我對於唸書的概念，還很模糊。只是每次房東孫老爹的大孫子，向他要錢買本子或鉛筆時，他總是這樣說：「如今唸書有啥子用？又不能戴頂子。」好像唸書就是為了戴頂子。不過，我對戴頂子的興趣並不大，因為在他們客堂裡，掛著一幅已褪色的畫，畫中端坐一個削瘦的白髯老人，據孫老爹的孫子告訴我，那是他爺爺的爺爺，他頭上就戴著一個頂子，我總覺得那頂子像牛行人頭上纏的灰布，而且好像比那堆灰布還沉重。不過，常聽娘說唸書可以做好人，於是，我也想唸書了。

後來娘終於送我去上學，她把我帶進學堂就走了。這是我第一次離開娘，和一大群陌生人相處，我感到從來沒有的孤單和懼怕。在許多的眼睛注視下，想哭又不敢哭，下課後同學都出去了，我獨自坐在教室裡暗暗低泣。不知什麼時候娘突然出現在我身旁，我反身緊緊抱著她嗚咽地說：「妳上那去了嗎！」我看她眼圈一紅，輕輕地說：「乖兒，別唸了，咱們回去吧。」

回家後，娘就變成了我的老師，娘沒有唸過書，也不認得太多的字。她把過去所認得的字，歪歪的寫在用硬紙板剪成的方塊上。於是，我又多了許多玩的工作，白天隨娘到溪邊洗衣服，我除了在溪旁捉魚蝦外，還得坐在樹蔭下把那些硬紙板翻來翻去，晚上我娘兒倆對坐，娘在熒熒的桐油燈下，教我讀和寫。但那很少的字，我很快就讀完了。娘只好再送我去上學，可是這次上的不是正式學堂，而是在我們家附近的民眾識字班，和很多大的或老的男生在一塊上課，有時這些同學會抱著我，坐在他們懷裡寫字。

每天黃昏，娘領著我穿過體育場到識字班去。上課的時候，我抬起頭來總可以看見她，她不是站在教室外的窗前，就是坐在離教室不遠的臺階上，用微笑和鼓勵的目光注視著我。下課的時候，就站在教室門前接我，然後揹我回家。在朦朧的月色之下，穿過荒蕪的體育場，四周靜悄悄的，只有草叢中的蟲唧，伴著娘輕快而滿足的步履。這時娘就會哼起那個很古老的兒歌，一曲聲調幽幽名叫〈小白菜〉的兒歌，我也會跟著輕輕和唱。我伏在娘背上，看見月光正灑在遠處披紗的山巒上，灑在輪廓模糊的城樓上，灑在我們娘兒倆身上，於是我摟緊娘的脖子，彷彿天地間只有我們娘兒倆存在了。

六月十八夜裡——哭父親

現在午夜已過，大哥、三弟暫時睡了。大哥倚靠著牆，三弟躺在一條排凳上，經過一天一夜的悲痛和疲憊，他們終於合上眼假寐了。但哀傷仍在他們心中熬煎著，使他們輾轉難安。四弟躺在另一條凳子上，翻閱著父親的遺稿。這是一本用十行紙裝訂，父親親自用毛筆書寫的自訂年譜，記載著父親在這不平凡的一生。我們剛剛讀完，現在四弟在讀，透過他眼鏡的玻璃，我看淚順著他眼角流下來，正像大哥和三弟微閉的眼角沾著淚珠一樣。我坐在那裡，眼睛注視屋外，隔著一層淚幕，我朦朧地看到屋外無垠的黑暗。

我背後是父親的靈柩，還沒有蓋棺成殮。在那床剛新買的毛巾被覆蓋的棺木裡，靜靜地躺著穿長袍馬褂的父親。父親身上又覆蓋著一床紅色的夾被，他老人家安祥似沉睡，嘴角還浮著一絲微笑。昨天上午父親到一位老朋友家串門子，竟一去不返。他正談得興高彩烈的時候，遽然含笑大去，他走得太突然，但卻去得很愉快，彷彿對這個世界了無遺憾。因為他自己一直認為他已付出他該付的，也獲得他應該得到的。

靈前白布圍繞的供桌上，白布幔裡立著父親黃色的靈位。靈位背後懸著菊花環鑲的父親遺照，在四支白燭高燒下，顯得更光亮了。香爐裡的香煙在這靜謐的深夜，冉冉繚繞上升，盆裡的紙錢明滅飛揚。在這個醫院太平間改設的靈堂裡，我們兄弟緊緊伴著父親，伴著父親離開我們的第二夜。只是我還不相信，還不願相信父親真的離開了我們。因為在他居處，還放著他已整理好的衣物，準備就在這幾天，到臺北去和我們度暑假的。我還等他到臺北，同去「徐州啥鍋」喝糝。

昨天黃昏，暴雨乍歇，我踩著半街的泥濘，到學校夜間部上這學期最後一課，突然妻倉皇奔來，一句話還沒說出就哽咽住了。等她喘了一口氣，斷續說出，岡山來電報……父親……中風……病危……沒等她說完，我已奪門而出，急急向家奔跑。回到家裡，一面整理幾件簡單的衣裳，一面和兄弟連絡，我們決定當夜趕到岡山，照顧父親的病。突然電話鈴響了，是大哥的。他只說出剛剛接到岡山的電話，父親過去了……我們已遙遙相對泣不成聲。抬起滿臉淚痕的臉，茫然四處環顧，這個世界已完全變了模樣。誰又想到，我們原來是去探顧父親病的，現在卻變成了奔喪。

奔喪的心情是沉痛破碎的。在南下的夜車上，我們一路淚眼模糊，垂泣哽咽。趕到岡山已是破曉時分，急急衝出車站，衝上計程車，衝入醫院，衝進太平間。太平間已供上父親的像，像前兩支燒殘的白燭在曙光裡飄搖，於是我們跪倒在地，放聲悲號。然後爬起身來，移步裡間，父親的遺體正躺在靠近牆的擔架上，被醫院的白被單覆蓋著，掀開被單，是父親的一頭白髮，是父親緊閉的眼睛，是父親微合的嘴，是父親嘴邊常浮的微笑，是我們完整的父親，安靜得似晨睡未醒。但撫摸父親的手，撫摸著父親的臂，撫摸著父親寸寸柔軟的未殭肌膚，卻有著透骨的寒，那透骨的寒刺入我們滴血的心，一似擔架下的冰塊溶化的水潄潄滴下……是的，父親去了，父親真的去了！我們兄弟都跪下來，撫屍慟哭。

幾年前，父親從這裡的中學退休，結束了他大半生的粉筆生涯，一直住在岡山。雖然我們勸他搬到臺北去住，他總說等等。我們都知道一來他仗著自己身體硬朗，而且他一生不願意麻煩別人，連對兒子也是一樣。所以不願搬到臺北來。二來也許他喜愛這小鎮的清幽。剛剛讀他的遺稿，其中有一首詩這樣寫著：

入山原不在山深，蝸居清幽近茂林，數種草花植庭畔，兩間精舍掩藤陰；

壯懷豈逐春光老，敵愾猶疑劍氣森，惟願魯陽戈返日，故園無待夢中尋。

他心中還有干雲的豪情，但卻過著半隱居的生活。每天清晨，他從居處出來，踽踽獨行穿過那條鳳凰濃蔭的清幽小徑，到那廟堂前的草坪散步，默默回想他動盪的一生。然後回去，開始記載他在潮流裡的點滴。翻閱他的遺稿，他已完成了《七十自訂年譜》外，還寫了一篇自傳式的小說〈葉落歸根〉。以及已經動筆，還沒有完成的殘稿，〈前塵影事〉、〈八年離亂心影錄〉。另外還有一本已經定稿的《歌辭作法講話》。因為他沒有準備立刻就走，他還有一串的寫作計畫。他不是一個歷史的人物，但從他的這些著作裡，可以看到歷史對他發生的些微激盪。

雖然，他逢假期就來臺北，但卻住不了多少日子，就要回去。他說他不習慣臺北的吵雜，我們知道他是回去趕寫他那些微的「歷史激盪」。每次我們兄弟們便從臺北不同的方向集合，送他老人家登車。每當車子要開動時，他隔著玻璃窗向我們緩緩揮手，看著他那頭似雪的白髮，看著他眼裡擴散出舐犢依依的親情，我們的眼圈也隨著濕潤了。這幾年，他每一次來臺北，總覺得他的白髮又白了許多，我們覺得聚一次少一次，但他卻說來日方長。再過幾個月又來了。的確，在他許多老朋友中，他的身體最健壯，總是常南來北往的走動，而且老是惦念著較為病弱的老友，誰也沒想到他竟突然先走了。

四月間，我到南部講演，抽空回家住了兩天。只是我連日奔波，回到家倒頭便睡，他老人家不願打擾我，讓我盡量休息。只有到了晚上，我們父子攙扶著，踏著月光下被風吹亂的樹影，在廟前的草坪上散步了一會，然後又到小街上逛逛。第二天中午我就匆匆離去，他老人家一定要送我到車站，我說天氣太熱，他站在門口望著我離去，等我要轉彎時，他還悵悵然地站在那裡，我又回來，請他老人家回屋裡去，誰知道這竟是我們父子最後的永訣。

下午，我們強忍著眼淚，為他老人家淨了身，換好了衣服。黃昏時，寰姪自臺中來奔，我們叔姪五人又輕輕將父親抱起來，慢慢地放進他永遠安息的棺木裡，這是我們祖孫三代最後的一次擁抱，雖然是短暫的，卻是永恆的。然後再把他戴了多年的眼鏡，和已經用破的鋼筆放置在他的頭邊，另外在他手邊還放了大哥寫的《西洋政治思想史》，大嫂寫的《希臘戲劇》，三弟妹最近出版的《忘憂草》，和我的一本《何處是桃源》。最後封棺了，鍾子敲在木釘上，每一錘都像釘在我們身上，釘在我們被悲痛蝕成碎片的心上。

父親奔波了一生就這樣走了。他活著的時候所有的苦都由自己承擔，從沒有麻煩過別人，連最後的走也是這樣。他走沒有帶走金和玉，也沒有留下金和玉。不過，卻留下四對和他老人家一樣，握著粉筆，站在黑板前面的兒子和媳婦。

四周的村雞已啼，太平間被濃濃的黑夜緊緊裹著，在這樣的黑夜裡，我們兄弟木然相對，我們心裡的這個夜，卻更濃，更黑，更長。

鳳凰山中的晴陰

最近這段日子，為了給父親築墓，常爬鳳凰山。

父親突然病故，我們兄弟星夜南下奔喪，然後扶靈北上。等靈柩暫時厝在殯儀館裡，我們才稍稍從悲慟中清醒過來，想想父親該葬在那裡。這幾年人口都向臺北集中，城裡的居屋擠，郊區的墓地更擠，要想找塊合適的葬身之地，比覓一幢房子更難。記得十三年前，母親過世時，葬在六張犁第七公墓。那時第七公墓的山坡上，只有稀稀疏疏幾十座墳，對面山上的極樂公墓也只有幾排。不過十年的工夫，第七公墓已葬得連插腳的空地都沒有了。每次到母親墳上祭掃時，都得從人家墳上踩來踩去。對面的極樂公墓，更是密密層層一直排列到山頂。所以，為了給父親找一蓆葬身之地，我們兄弟從觀音山到新店，一連奔走了好幾天，最後選擇了鳳凰山。

當最初到鳳凰山看墓地的時候，車子從臺北市的隧道鑽出來，便繞著一條青蔥的山坡迂迴行駛，公路旁是一彎清溪，潺潺的流水環抱一片濃鬱的竹林。溪水不深，有幾隻閒散的白鷺鷥漫步中流，溪流的彼岸，是塊廣漠的稻田，沉沉的金色穀穗鑲在翳翠阡陌框裡。田裡還點綴著幾座三合院的紅磚農舍，實在古樸得可愛。稻田外又是一帶起伏的青山青。這正是父親遺詩「入山原不在山深，蝸居清幽近茂林」的境界。

爬過那條蜿蜒向上的柏油路，走完一條黃泥碎石的崎嶇山路，便到了墓園。站在墓園的山崗朝下望，透過蒼翠欲滴的山谷，就是那塊群山環抱的盆地。我們初來時，正是夕陽西下時分，盆地裡浮動著一層紫色的暮靄。有幾隻蝙蝠在谷中高低疾飛。偶爾山風從山頂瀉下，掀動了樹枝，激起一陣向晚的蟬詠，剎那即歇，留下的又是亙古的寧靜。於是，我們決定在這裡，為奔波了一生的父親，築構他最後的安息地，然後再遷母親過來合葬。(按：母親已於八月十九日下午四時，由第七公墓遷來。)

父親的墓地原來是一塊亂草雜樹叢生的山坡，必須清理過後才能安葬，於是我們兄弟排定了時間，分別上山監工。輪到我的時候，便戴一頂草帽，架一付墨鏡，登一雙膠鞋，提一瓶濃茶，帶一個饅頭，頂一頭驕陽，緩緩爬上黃土坡，木然地坐在火熱的陽光下，摸著滿腮的鬍子，披著滿身的憂傷，忍著滿眼的淚水，看著工人除草，平地，開穴，砌磚，抹水泥。沒有想到青年欲彈鐵箏高唱，壯年馳騁大江南北，老年但恨脾肉橫生的父親，最後竟安躺在這幾尺見方的泥土裡，我真想不透，也許這就是人生。

這些日子常上山，平常上山除了沉默的墳地外，只有幾個工人單調的挖土敲石聲。因此，我有很多時間，默默地坐在世態炎涼之外，靜靜地觀看山中的晴陰。

山中的晴陰像世間的炎涼一樣，也是多變的。往往沒有一絲雲影的湛藍天空，驟然起了烏雲，翻滾著從四周的山陵壓了過來，沉重得似乎要跌落在地上。突然一閃疾電，撕裂了濃得化不開的雲層。迸發出一響震天的雷，震起了一陣強勁山風，幾滴似我眼淚的雨隨著落下，稀疏地落在乾燥的黃土路上，蒸發出的濃濁泥土氣息四下飄散。緊接著一排密集的雨箭，從我背後奔射過來。於是，我狂奔，朝向那山腰飛簷朝天的涼亭，暫時逃避突變的風雨。

亭外的風雨更大了，匯集的雨水形成了一條水柱，沿著亭簷奔騰下來。一層巨大的雨幕從山腳下扯起，迅速向山上延伸，不多時籠罩了整個的山林，和那些豎立的墓碑。我身外變成一片茫茫，除了突然響起的雷鳴，夾雜著亭外地上跳躍的雨珠，我已無法再想起山外那個喧囂的世界，彷彿這個世界只留下我孤零零的一個。

漸漸地，雨聲小了，雷聲也隨著滾滾遠去。風收了，剩下的雨絲還淅瀝地落著。天上的烏雲像一隻扯起的網，收緊而縮小了。灰白的明亮像墓地裡抹涮的白泥，又從山的背後塗過來。失去的陽光也透出了雲層。那一小塊蔚藍像飄浮在水中的油漬，慢慢擴散開來。我眼前突然出現了一陣明亮，山間的樹林變得更翠綠了，墓上的紅磚地也顯得更鮮明了。

現在風止雨歇了，又恢復了剛剛的寧靜，群山穆穆，眾墓寂寂，只有偶爾自葉尖上垂下的雨珠，跌落在地上，滴破了這亙古的沉寂。於是我走出亭來，踩在泥濘的黃土路上，迎面一陣微風，吹來了滿懷的迷迷雨粉。細微的雨沫，在山谷間堆砌成一座七色的彩橋。但我卻找不到那弓形橋的起點和終點，一如我近日對生命這兩個字，所思、所想、所體驗的一樣。

再回首，山坡的黃土路上，遺下我一串不整齊的腳印。明天，山中又會有一陣突起的風雨，我留下的腳印也會在雨中流失，也許這就是生命。在我們一生中，獲得的和失去的一樣多，想著想著，我竟慘然地笑了起來。今晚我又要下山，但走在匆忙喘息、言多口雜的人群中，我將不再注意世間炎涼，也不再看那些不斷在身邊翻起的青白眼了。

一封除夕黃昏的來信

因為父親的去世，今年的除夕變得淒清多了。在守制期間，我們不過年，也不能拜年。

昨天是年廿九，我們弟兄們買了鮮花紙箔在冷風苦雨裡上山，到父母墳上祭奠一番。先把幾朵黃菊花插在祭壇的花瓶裡，然後上香，那束豎在香爐裡的香，竟在風裡燃燒起來，伴著紙錢爐裡冒出的濃煙，瀰漫了整個墓園。在那團煙霧裡我發現墓道裡，有株杜鵑已開了一朵早綻的花，但那朵瘦小的花在綿綿的細雨裡，顯得格外孤零。

今天是除夕，下午在我書房裡擺妥供桌，把父親的遺像從書架上請下來，上了三炷香，請父親和我們共度這個沒有歡笑的除夕。我默默坐在地毯上，靜靜注視著香煙繚繞裡的父親的遺容，想著我們父子相處的最後一夜。那是去年的四月九號夜裡，我到臺南講演，抽空到岡山探望父親，我們踏著臺灣四月暖洋洋的月色散步回來，就坐在客廳裡，想到家事國事，心情都非常沉重。黯然相對一陣後，父親就上樓歇息了。我因為第二天還有場演講需要準備。坐在飯桌邊寫講稿，看著他老人家傴僂著身子，緩緩地上樓梯，那頭白髮在燈光下顯得更白了。我心裡突然掠過一陣悲涼，父親真的蒼老了。他老人家走了一半，又轉過頭來要我早些睡，我站起來走近樓梯邊望著笑笑說會的。

黃昏時分，我收到一封從臺南寄來的信，信封上的字跡非常陌生。啟開後，才知道是父親在臺南聖功女中的學生寄來的。聖功女中是父親幾十年教書生涯中的最後的一站，從岡山中學退休後，又被請到這裡來。我曾到這來過幾次，在郊區靠近開元寺，很寧靜有幾分鄉野的氣息，有時我們到四周散散步，在開元寺門外的樹下坐坐，教的又是女孩不煩心，那幾年父親的心情還很愉快。

那女孩信上說，她在一次文藝性的聚會上遇見我，使她又想起她的先師，我的父親來。……是的，我記起來了，我被邀請參加那次聚會，還在會上說了幾句話，當時因為有事先離去。我走出會場在候電梯的時候，有個小女孩匆匆趕來，望著我衣袋上戴的孝，吶吶地對我說，她是父親在臺南的學生，聽說父親過世非常難過。讀她那封充滿感情的信，尤其在這樣大年除夕的黃昏裡，使我的雙眼都濕潤了。她來信說：

「……那時在冬天，他從教員宿舍走來，我們遠遠由窗口望見他穿著長袍，後面是綠得油亮的玉米田，那種老人特有的安詳神韻，是很美的畫面。

我們在背後稱他老人家為『逯爺爺』。您知道的，生長在臺灣的我們，不曾享受祖父的呵護，對『爺爺』有近乎故事的幻想和渴望。逯爺爺偶然在課堂中提及他的兒子們，以及姑蘇城外寒山寺的那口古鐘。

在聯考的壓力下，逯爺爺曾予我們這些高三女孩一點兒遠見。畢業近五年，而師恩是不滅的火炬……」

我除了在中學的暑假裡，父親教我讀《古文觀止》外，他老人家教了幾十年書，我卻沒有機會親身體驗父親課堂裡的風采。從這封信裡才領略到父親不僅是我的慈父，也是一位「慈師」。手裡拿著這兩張信箋，使我又想到黃昏時分，我們父子漫步的那個學校的草坪。那封信最後寫著：

「昨天清理書和小盒子，看到這張高中畢業典禮時的歌詞，是逯爺爺寫的，保留已久，想您會願意繼續保存這分〈惜別詞〉……」

於是，我從這信封裡又找到另外一個空白的小信封，那信封因為時間久了，已經變得有些黯黃。我啟開那個信封，有張折疊的紅色單面的油光紙，石印了她說的那首〈惜別詞〉，曲是王金水先生譜的，詞是父親作的：

韶光一去不復返，轉瞬已三年，春風夏雨秋月夜，嚴冬風雨天；
青毡坐透硯磨穿，師生同困難，也喜也愁也纏綿，依依絳帳前。
風雨雞窗共鑽研，爭著祖生鞭，驪歌唱罷心黯然，別離總難堪；
我為諸君贈一言，月缺有時圓，自古原無不散筵，雲程再相見。

讀父親的詩詞總透著些悲微的悲涼味，這首〈惜別詞〉也是同樣的感覺。這首詞不僅是為同學們寫的，最後「我為諸君贈一言，月缺有時圓，自古原無不散筵，雲程再相見」裡，更蘊藏著父親悲歡離合的感情。父親一生在離亂裡度過，經歷太多這樣的場面，所以常常會有人生散聚無常的低喟。在他的遺稿裡有關〈魚鼓詞〉，就充滿了離亂的感傷：

二十年魚沉雁杳，亂世飄零，生死禍福誰能料，舊情丟難掉，北望燕山，愁無限，恨
多少？閒來便有酒杯寬，常共黃花同醉倒，笑煞平生為口忙，事業荒唐我已老。

但這種離亂的情緒，卻掩不住他內心憂國憂時的孤憤：「紛紛傀儡亂登場，吾輩消閒世上忙，暫把熱心付筆硯，漫將冷眼閱滄桑，消磨歲月千卷書，滌盪胸襟酒一觴。但得神州陰霾散，青春結伴好還鄉。」（〈山居懷感之二〉）從這首詩可以看出父親這二十多年來，雖然消磨在筆硯千卷書中，接近退隱江湖，可是對於風聲雨聲仍然是事事關心的。

在這歲末天寒，陰霾的除夕黃昏時分，讀父親的這首〈惜別詞〉，再翻閱父親遺下的手稿，轉過頭去看到我那張特製的小酒几改成的供桌上，供著父親略有微笑的遺容。遺像旁有一盆蕪蔓卻不開花的水仙，幾碟水果和一碟剛出鍋的薺菜餃子，兩杯酒，兩雙筷，這張剛寄來的〈惜別詞〉也供在案上，案上有盛滿米的碗，碗裡插了三支燃了一半的香，在香煙繚繞裡，我這零亂的書房，變得更冷冷清清，悽悽慘慘了。

晚上，三弟四弟及弟妹們來聚，飯前我們在父母靈前上香叩首，然後坐在地毯上默默相對。四弟妹拿起那張〈惜別詞〉哼唱起來，那調子平淡裡有幾分淒婉，透過那歌聲我彷彿已與父親同在了。

我感謝那個陌生的女孩寄來的信，使我們在這除夕夜裡更增添對父親親切的思念。

一篇父親的遺稿

父親是去年六月十七日故去的，到現在整整一年了。

父親的身體一直很硬朗，他沒有想走，也沒準備走，但卻走得太快，太突然。所以一直到父親入土安葬，那塊厚厚的水泥板，將他老人家的靈柩覆蓋起來，我仍然無法，也不願意相信這個殘酷的事實。

但事實上，父親真的去了。我背後的酒几上，供著父親的遺影，燃罷的香灰灑在桌上，滴灑在桌上的香灰，就是兒子們悲痛的淚，這淚水在我們心中暗暗地流了一年。

等父親的喪事辦完後，母親也遷來合葬，兩位老人家相離十多年後，現在終於可以共臥青山，攜手仰觀白雲了。清明節的下午，我們上山祭掃，正是細雨紛紛，雲霧瀰漫青翠山谷的時節。我們默默站在墓園裡，拈香焚化紙錢。我站在墓前，打量著墓園被雨水刷洗的紅磚地，顯得格外鮮明，我們撿清地上被雨淋濕的殘枝枯葉，再把這些枯腐的枝葉，堆進花壇當肥料。兩旁的花壇種植著幾株松柏，杜鵑和桂花，我特別歡喜那兩株瘦弱，而不懂季節的桂花，即使不是秋天也飄散著清香。轉過頭來我發現幾株種植不久的杜鵑，竟有幾朵盛開的花，搖曳在風雨裡，顯得格外淒楚。因此，我再也不能懷疑，父親真的去了。

我和父親最後一次見面，是父親去世前兩個月的四月裡。去年四月初，我到南部作一系列的講演，抽空到岡山探望父親，晚飯後，我們父子攙扶著在月光下散步。

在月光下散步時，我挽著父親的手，在那草場上往來走著。我曾經勸父親把他自傳式的經歷完成。我是個唸歷史的，一直認為今天的歷史不再是蓋世英雄的創造，而是社會大眾共同奮鬥的結晶。因此，我們除了聽歷史英雄叱咤風雲的長嘯，也應該聽聽那些徘徊在歷史潮流邊沿的人物對歷史的感嘆和輕喟。父親不是歷史人物，但卻在這個不平凡的時代裡，度過了他平凡的一生。許多歷史的狂濤感染過他，許多歷史浪花破碎的點滴沾濺過他。記得兒時他常常向我講述他生平傳奇性的遭遇，當時我們只覺得那是聽講故事而已，後來年事漸長，自己讀了歷史，而且又成為一個歷史工作者，漸漸地了解這些故事，隱藏的歷史意義。因此就勸父親把這些故事記錄下來。因為這許多故事不僅是他個人所受到的「歷史激盪」，同時也可以從他所受到的歷史激盪裡，尋找到歷史潮流裡泛起的片片漣漪。

父親終於接受了我的建議，從七十歲生日度過後，就開始寫他一生的經歷。首先寫的是一首「七十年來悲往事，海天晴雨動鄉思」，近千言自述長詩，然後根據這首長詩，完成了他近萬字的《自訂年譜》。這個《自訂年譜》僅是生平的梗概，我希望他能再依照這個年譜，完成他的回憶錄。於是他開始寫回憶錄的第一部〈八年離亂心影錄〉，在前言裡說：「回想從二十六年冬，開始流亡，足跡遍歷湘、贛、皖、浙及蘇南各省，飄絮因風，到處累人，案牘勞形，愧乏建樹。但八年離亂，自身經歷，以及所接觸的人與事，也有多少值得記述的。茲乘課餘之暇，追憶三十年前往事，歷歷如新，過此恐不復記憶了，因擇要依次縷陳往事，綴為〈八年離亂心影錄〉，藉此作茶餘酒後之談資，有何不可？」

但等父親過世後，清理父親的遺稿，發現他的〈八年離亂心影錄〉，只完成了三篇，即一、〈最驚險的一夜〉。二、〈逃出了危城〉。三、〈五日京兆〉。這三篇是寫「八一三」松滬戰爭發生後，蔣委員長在松江專員公署，召開最高軍事會議，和父親在上海保衛戰撤退時的個人經歷和感觸。此外還有半篇沒有完成的殘稿，記載長沙大火後，「兩顆人頭千古冤」之一的酆悌。父親寫這篇稿子時，曾和我討論好幾次，因為父親雖未親身經歷長沙大火，卻是酆悌未調任長沙警備總司令前，擔任湖南第二專員公署專員時的主任祕書，因此對酆悌和張治中之間磨擦了解很透徹，在他年譜裡這樣寫：

民國二十七年三月，應湘主席張治中之聘，將就該省政治訓練班總務主任及籌委之任，旋因李震東先生之勸止，並介紹改就湖南省第二行政區督察專員公署祕書。專員酆悌需人急，而余亦以駕輕就熟，樂於赴任。酆君生性孤傲，有頂天立地之概，與省主席張治中素不睦，每以公務相齟齬，余為幕僚長，處理公文甚感困難，屢辭不准。酆奉調任長沙警備司令，與主席仍不能協和，卒因長沙大火案，後被處死，人為惜之，余與陸鐵乘先生仍留常德，代酆辦理交代。

長沙大火是中國抗戰史上重要的一頁，也是父親徘徊在歷史潮流邊沿的重要經歷。因此，我勸父親先把這一段寫出來，但是卻是只寫了一半的殘稿。去年此時，在父親靈前守夜，重讀父親的舊稿時，看到這份殘稿還有我們父子討論這個問題時，我在稿紙留下的許多意見，眼淚不住流下來滴在微黃的稿紙上。

父親在八年抗戰中的確有許多可記的，像在浙贛戰役中，在江西東鄉當縣長，東鄉淪陷，父親在各鄉奔波打游擊，及後來擔任江南行署前方辦事處長，深入敵後，化裝進蘇州，校閱偽軍部隊，準備收編工作。然後轉往上海，召集江南二十七縣游擊區的縣長，在上海開了十幾天的會，會後又去杭州，因為敵人特務人員追捕太急，輾轉從富春江，經淳安回到績溪。這一段經歷是非常曲折的。父親常常向我們說起。當他率領幾個貼身的侍衛從後方到達蘇浙邊區的杭嘉湖游擊區的時候，在敵人掃蕩和新四軍的夾攻下，竟無立錐之地。一夕數遷，艱苦鬥爭的情形，這也就是父親〈自述詩〉裡所寫的：「蘇皖湘贛歷艱險，衣食奔走似飄蓬，生丁危局敢怨天，曾因政戰入虎穴，履險如夷得生還。」

父親的回憶錄分兩個部分，除了〈八年離亂心影錄〉，還有〈前塵影事〉，這一部分是寫「從清末到中日戰爭，二十七年中埋藏在記憶深處的片段事跡」，但這一部分也只寫成了一篇〈危城歷險記〉，兩千多字。描寫盜匪龐三傑破故鄉豐縣城的事。但〈前塵影事〉是父親的青少年時期的事蹟，在這一段中，尤其在北伐前後經歷更是非常動人的。

父親青年時有燕趙慷慨悲歌的豪情，為了想參加實際的革命軍事行動，中學畢業後，就想投筆從戎。他認為參加軍旅必須有強壯的體格，所以先到蘇州投考中華體專，體專畢業後，卻因迫於家計，不能遠遊，只好轉入東南大學修習鄉村教育。這就是他在〈自述詩〉裡所謂「梁溪問道攻漢學，曾遊姑蘇習武藝，學書學劍愧不成，報國有心才不濟。」最後只落得空餘劍花瀝碧血了。父親原諱殿卿，為了想把自己投入這個時代的洪流，而把自己的名字改為劍花，的確是非常俠骨柔情的名字。後來又改現諱。

民國十六年，北伐奠都南京，王公瑱先生由江蘇省黨部派任豐縣黨務特派員，那時父親正在鄉教書，公瑱叔是父親中學同窗，又是結盟的兄弟，因此父親和香山大爺（立法委員王子蘭先生）就協助這位二十三歲的特派員（不久就任豐縣縣長）進行組織工作。後來孫傳芳的部隊又控制了徐屬地區，父親一夥成了直魯緝拿的要犯，他們在鄉間潛伏了幾個月，逃到了沛縣，然後輾轉到了青島，其間走投無路，索性投入直奉軍當兵吃糧。那時北洋軍募兵，事先已將吃糧的老總名冊都安排妥了，投軍的頂個名就行了，自己原來的姓名反因投軍而消逝了。所以他投了軍以後，倒反而安全了。等到部隊開到青島後，他們就開了小差，從青島乘船逃到上海。父親在他年譜裡只記載：「三人潛伏鄉間數月，秋末至沛，匿居友人處，冬初始化裝冒險入魯，經滬轉京。」至於投軍吃糧這一段，還是父親故去後，公瑱叔告訴我的。

我原希望父親在退休後，雖然他自嘲「老驥伏櫪時仰秣，當年豪氣已全消，閒來便有酒杯寬，常與黃花同醉倒，笑煞平生為口忙，事業荒唐我已老。」卻有更多的餘暇來完成他的回憶錄，但沒有想到竟突然走了，只留下殘稿幾章。這些稿子過去一年就放置在我的案頭，我總想抽一段較長的時間，根據他的年譜，再訪問長輩，寫成一篇比較完整的父親傳記，但一年過去了，我被些瑣事纏繞一直沒有時間整理，真是有虧為人子者的職責。現在又到了父親週年的忌日，我選出了父親所寫的，最完整，也是和現代歷史有關的一篇，在善導寺的經堂裡，由四弟校讀一遍，商借〈人間〉一角發表，紀念父親逝世一週年。同時我也在〈人間〉闢了這個「劍梅筆談」專欄，劍，是父親的諱，梅，是母親的字，來悲念父親和母親在天之靈。

附錄：最驚險的一夜

逯劍華先生遺著

我所說的最驚險的一夜，並不是關於個人的遭遇，而所認為這一夜的安危，關係於中日整個的戰局，可以說關於中國存亡的命運。因為上海之戰從八一三開始，到十一月六日，大廠失守，敵人又在金山衛登陸，滬西一帶也為敵方控制，這個保衛大上海戰，事實上不能不重新部署。所以軍事最高決策者，便決定於十一月八日之夜，在松江召開最高軍事會議，地點即選定作者當時服務的機關——松江區行政督察專員公署，當夜參加這個會議的，都是參與上海大戰的高級將領，可以說師長以上的軍長，及各集團軍總司令，全體出席。除了分別向委員長報告戰鬥實況外，則恭聆領袖訓示今後的軍事機宜。這一夜的專署，是將星雲集，而且是國家命運所託的一班人物。松江距上海咫尺之地，萬一關防不密，走漏半點消息，敵方的飛機可能傾巢而出，籠罩整個的松江，將松江夷為平地，後果如何？就不堪設想了！所以在我聆聽了這個消息，並且事先佈置的任務後，不但心情惶急，頭也大了。

這一天專員王公璵一大早赴前線公幹，署部由我負責。上午十點多鐘，忽然第八集團軍總司令張發奎，率同參謀長朱日輝到了專署，找王專員談話，專員公出，當然由祕書我接待貴賓。張總司令很簡單的對我說：「今晚要借貴處召開一個會議，麻煩你替我預備一個地方，並請佈置一切。」我便一口承諾，並且陪同他察看我們的會議室是否合用，他看過未作可否，只是點頭示意即行告辭。我不敢多問，只好恭送其行，將出門，我曾探詢朱參謀長的意見，蒙他的情，慎密的告訴我：「這個會議室太暴露，似乎不太合宜，因為今夜的這次會議，委員長將親臨主持，關防務須嚴密，而且力求安全，請你偏勞了。」我聽了這些話，馬上愁鎖眉頭，兩肩好似加上了千斤重擔，心情萬分的緊張。送走他們之後，私自盤算必須另尋一個嚴密的會議場所，想來想去，只好選定專員的住室權作議場，較為妥當；因為那裡非常幽靜，而且是單獨的一個小院落，與別處隔離，毋需另設警衛。決定之後，便一方著人洒掃內外，略作部署。專員住室及辦公室，準備作委員長的休息室，對面餐廳及閱書房間，權充各級將領的招待室，中間客廳佈置一會議室，所有門窗掛上黑紗，以防空襲透出光亮。各事停當，一方召請保安司令部少校參謀耿繼賢，告知第八集團軍在此開會，務須嚴加戒備，傳諭警衛隊，前後門加雙崗，所有署部職員官兵，入晚歸寢室後，一律不准外出，更不准擅自走近專員住處，違則嚴懲，並切囑耿參謀竟夜巡查，不得有誤。事雖佈置妥貼，但心裡總是忐忑不安，因這一夜的集會，我乃局外人，當然無關輕重，但是暫代地主的身份，招待不周，尚屬小事，萬一發生意外，這干係可就大了！

晚飯後不久，已是上燈時分，首先到達的，仍是午前來的張老總及他的參謀長，我引導他們看了會議場所之後，當蒙點頭示可。他旋即辭出，不知去向，後來方知是去松江車站，恭迎委員長。時近七時，院外已是漆黑一片，各將領三三兩兩的陸續惠臨，我只帶親隨一人在場接待，奉煙敬茶，及聞院中有人呼喊，聽聲音便熟知老友王又平到了。他是我的小同鄉，而且是多年至交，雖然在外戎馬半生，但鄉音無改，聞聲便知。這位抗日猛將，當時任八十七師師長，並暫代軍長職務，指揮第五軍所轄的八十七、八十八及三十六三個師，和孫元良、宋希廉兩將軍，可稱為抗日三雄，作戰三月，屢挫強敵，日軍畏之如虎，不敢攖其鋒。他是和李玉堂、戴雨農將軍同來的，在黑暗中我迎到他，很親熱的和他握手，並低聲告訴他勿再聲張，以防意外，他很豪爽的笑了一聲，之後便細語問道：「老頭子來了沒有？」我答尚未。進入接待室，大家相見，各談作戰經過，軍人氣概，多數是豪放的無所拘束，肚子餓了，就問有吃的沒有？幸而我們為招待老同學趙錫田來松江，準備了一些菜餚，蒸了許多饅頭，並且煮了一鍋綠豆稀飯。誰料今天竟有此群英會，弄得老趙不敢停留，馬上溜回防地，因為他那時是旅長，只好避開，這就好了這班老饕，分幾次吃得是一掃而光。

大約九點的光景，各集團軍總司令相繼而來，記得有顧祝同、陳談、朱紹良、黃琪翔、張發奎諸高級將領，有沒有黃紹雄在內就不清楚了。不多久，八集團軍的張老總又去車站，旋聞門外汽車聲音，知道領袖駕到，大家立即肅靜，並出室恭迎，我也肅立門旁參與迎駕行列，瞻仰偉大領袖的威儀。隨行者有副參謀總長白崇禧，侍從室主任錢大鈞，軍令部長徐永昌是否同來，記不得了。坐定後我便入室侍候茶水，拉起窗幔，使空氣流通，然後退出，立於室外廊下，聽候差遣。這是我一生中擔任聽差，侍候他人茶水的一次，不以為辱，且以為榮。

在開會之前，委員長先行分別召集各集團軍總司令，及軍師長，聽取他們的報告，並徵詢他們對戰局的意見，由錢大鈞依次傳見趨謁，各作簡明的報告，也有附陳意見的。領袖面露笑容，慰勉有加，並且對各軍作戰最力者，垂詢甚詳。當召見王敬久、孫元良及宋希廉等三將領時，忽放緊急警報，燈火熄滅，我便入室迅將窗幔拉下，而心情非常緊張，誠恐敵人萬一獲得情報，空軍夜襲，如果來個捲地轟炸，專員公署目標顯著，且防空設備簡陋，不但在場各人生命安全可慮，而國家前途，何堪設想！所以我只有默禱，求上蒼佑護，平安度過這個驚險的一夜，內心確是惶急萬分，幾乎窒息。但聞領袖仍鎮靜如常，促王等繼續報告，亦垂詢作戰實況，聽其身形若無事，因此我也心稍平靜了點。

大約一刻鐘的光景，解除警報響了，因為敵機掠空而過，並未盤旋，推知是回航經過松江，飛歸上海軍艦。每天傍晚飛過松江上空，今天晚了一點，只是虛驚一場，慶幸無事。我也放了心。進了室內斟了杯白開水，敬放在領袖面前。適在這時，戴雨農將軍從上海奉迎夫人到了松江，特來參與這次的會議。旋即開會，事關軍事機密，我便退出，仍坐廊下聽候使喚。不多時王專員回署，聽我報告後，也只好靜坐一旁，鵠候會議結束。

會議大約經過三個小時，已是九日的兩點多鐘，會議完畢。委員長偕夫人先行離去，大家恭送小院之前，然後紛紛各自回防。我和公璵兩人這才鬆了一口氣，放下一顆心，感謝上帝總算平安度過了驚險的一夜。但天方黎明，敵機二十多架，覆壓松江上空，輪流盤旋，爛施轟炸，松江十里長街，變成一片焦土！當地平民死於此難者，七八百人，斷肢殘骸觸目皆是，到處血肉模糊，慘不忍睹。巡視災情，黯然淚下，悲憤填膺，切齒腐心，此項血債，心想將來只有血來償還。松江之會，至今已三十多年，惟追往事，猶為心悸。

夢初叔和我

（楊）夢初叔是父親五十年的老朋友。尤其在這幾十年的動亂裡，他們都是患難與共，窮危相濟的。記得三十八年，我們一夥鄉親從福州坐船到基隆，上岸後又從基隆坐汽車到臺北，天已經晚了，無處投奔，幾十口人就露宿在南昌街，一位朋友開的醫院門外，街邊的走廊上。

在離亂的日子裡，露宿街頭已經是常事了。不過，那晚我的心情卻很沉重，因為我們從上海到福州後不久，夢初叔舉家也投奔而來了。等我們在福州準備上船時，船位不夠，夢初叔全家只好留下來。父親覺得他們一家到福州，是朝著他們來的。現在既然他們不能走，父親決定留下來陪他們，等下次有船再和夢初叔全家一塊來。但在漫天鋒火裡，誰能擔保下次的船一定來呢？而且大哥因為入境證的問題，留在船上沒有下來，一夜之間，面對著疲憊的母親和弟弟們，我突然變成一家之長了。

第二天下午，我正坐在廊下的地舖上，對著街邊過往的木屐響聲好奇的發楞，突然一輛卡車在我面前停下，我抬頭一看，車上坐的竟是父親，還有夢初叔一家大小。可是卻不見夢初叔，父親跳下車來，拍了拍身上的塵土，說我們走後，就又有一班船開基隆，可是夢初叔沒有來，他留下陪另一家投奔他朋友了。然後，我們就去了嘉義，過了一兩個月，夢初叔才趕來。

到了嘉義住定後，大家才喘了口氣，漸漸地同鄉也聚多了。雖然熱鬧些，但時局動盪不定，大家的心情都很沉重。尤其母親更是憂心忡忡。母親雖然不識字，也沒見過共產黨，可是她卻是堅決反共，和共產黨是不共戴天的。她老是說：「這可怎麼好，四邊都是海，還能再往那裡跑。」為了這事，她竟吃不下睡不著。後來她說：「不行，我得去找夢初打算打算。」

夢初叔樂觀，又會說笑話，遇到什麼憂愁的事，母親便去找他。他三言兩語就把人逗樂了。這次他對母親說：「他娘的，咱們反正不能和共產黨見面，真的不行，就買條船在海上漂，漂一天是一天，只要別任他們抓住小辮就行。」母親認為此計可行，就邀了夢初嬸，在嘉義土地銀行門口，等人家下班後，在那裡擺地攤，把家裡的細軟三不折一地賣了，準備買船。雖然後來船沒買成，不過母親的心情卻安定了。

在父執的長輩中，我和夢初叔最談得來。因為他隨和容易接近，而且他對自己充滿了信心，就是遇到了再大的困難他也撐得住。就像那次剛到嘉義不久，他認為這樣日坐愁城總不是回事，於是組織了個生意，由於不會經營，錢很快就蝕光了。可是他並不氣餒，為了維持一家生計，他夫婦夜裡磨豆漿和磨辣椒醬，一大早他騎著腳踏車送豆漿，下午孩子們放學後再挨家賣辣椒醬。在那樣艱困的日子裡，我沒聽過他嘆過一口氣，他還自我解嘲地說：「過去當縣長，咱騎高頭大馬，如今送豆漿，咱騎『洋驢』，一樣有坐騎。」

在嘉義住了四年，我們搬到虎尾，然後又遷到臺北，夢初叔一家還留在嘉義。這些年來只要我有機會到南部，總會彎到嘉義去看他，俺爺倆在一塊喝二兩。有時他握著酒杯說：「咱爺倆的交情非泛泛。」

的確，夢初叔和我的交情非泛泛。小的時候，我害過一次腦膜炎。那時夢初叔和父親都在松江工作。就送我到上海虹口的福民醫院，住了廿幾天醫院，最後醫生決定放棄了。不過，他們認為腦膜炎是傳染病，必須在醫院就地焚化。那時上海虹口是日租界，福民醫院是日本醫院。母親立即反對說：「不行，我的兒，要死也得死在中國地，不能死在這裡！」就這樣，我被帶回松江擺在縣立衛生院裡。

廿多天的不眠不休，父親和母親已經瀕臨崩潰的邊緣，實在支持不住了。含淚對在旁照顧的夢初叔說：「對這孩子我們已經仁至義盡了，命該如此，也沒法。我們實在支持不住了，先回家歇歇。萬一真的不行了，夢初，你看著辦吧，買個小盒子把他埋了。」

當時，我還剩下游絲似的微弱的一口氣，嘴角在抽筋，被母親發現了，說我有「風」。快找個中醫用針扎扎，也許還可以活過來。他們立即請了位侯再師大夫來，為我灸了幾針，我又活回來了。侯大夫說，明天這時候，「風」行到這裡，我還得暈過去，到時候他再來。第二天到時候我真的又暈過去了，侯大夫又來扎了幾針。然後他說，現在可以回家了，吃五帖藥就好。他又怨父親和母親為什麼不早找他，讓孩子受這麼多罪。

夢初叔說，那次我的罪可受得真不輕。住在福民醫院，一天得抽一次脊髓。到該抽的時候，母親怕聽到我嚎叫心疼，跑得遠遠的。原來是個活蹦活跳的胖娃娃，後來瘦得皮包骨頭，兩隻眼睛深深地陷下去，誰看到心裡都難過。夢初叔笑著說：「當時，如果真用個小盒子把你丟了。現在那裡還有你這個楞小子。」

這是我的一次大劫。後來我從嘉義到員林讀書時，因為所謂「白色恐怖」，被學校勒令退學後被捕，並起解臺北。父親邀了夢初叔在旁照料，替我奔走，最後才算沒事。我的生命遭到的兩次劫難，夢初叔都在我身邊。真的，我們爺倆有緣，交情的確非泛泛。

沒有想到我竟接到他的訃文，突然腦溢血過去了。於是我匆匆趕到嘉義，車到嘉義天還沒亮，我走出那熟悉的站臺。過去在這裡上學時，放了學沒事，常到這裡來，伏在出口處，看來往匆匆的旅客，現在我竟也是匆匆中的一個。但我這次匆匆趕來，不是為了陪夢初叔喝酒，而是為了送他最後一程。想著想著，我的步子沉重下來，眼圈也濕潤了。

太魯閣的天空

這些年在香港，隔一段時間就會到荔園去一趟。荔園是個很俗的遊樂場，大紅大綠，人聲吵雜，實在沒什麼可看可玩的。我去那裡，只是為了看那隻在獸欄裡繞圈子的獅子。

遊樂園後面有個小型的動物園。園裡關了些沒精打采的動物，有會向人鞠躬討香蕉的大象，有吃飽了四肢朝天臥睡的老虎，還有脫了毛的天鵝等等。不過，我每次去都在關獅子的獸欄邊停下來。欄裡關了一對獅子，雌的那隻總是伏著打盹，雄的那隻卻繞室而行。那雄獅的鬃毛已脫落不少，一臉冷漠，對身外的一切都不關心，甚至連眼皮也不翻動一下，只是在那裡轉著圈子。獸欄不大，牠轉圈子的路線，和邁出的步子都是固定的，總是在鼻子碰到牆壁時轉彎，而且每次鼻子都在牆上抹一下，長久下來，那一小塊牆壁已被磨得油烏光亮了。

我想人可能也是這樣的，都在被自己或人家畫定的圈子裡過活。不停地重複走著相同的路，即使單調無聊也不會改變。這幾年我住在海邊，對海有一帶青山是馬鞍山，我常想乘船過吐露巷，到山中走走，但始終沒有去過。只晨夕沿著海濱的公路漫步、看朝陽從山背脊升起，待月華從淡雲中飄逸而出。那汪海水隨著日出月現，轉換著裝扮。那一帶青山靜穆地立在那裡，只有在風雨的日子裡，才罩上一襲輕紗。我愛看那山，更愛看披在它身上，綴著幾朵如絮白雲的藍布衣衫。但我卻沒有走出自己的圈子接近它。因為我正在那裡打轉，一如那獸欄裡的獅子。

我們都是很蠢的，我們生活的圈子原本就不大，但在我生活小圈子上的那片藍天，已被我們自己糟蹋得無甚可觀了。回來大半年，連續的陰霾和綿綿雨，雖說心中自有山林，但那山林也是黯然的。記得當年中學上音樂課，老師教了首洋歌，好像是關於天空的。突然有位同學站起來問道，既然天空只有一個，為什麼後面要加複數，難道還有幾個天空嗎？這一問當時把大家都楞住了。過了一會，那年邁的女老師才緩緩地說，雖然我們只有一個天空，也許……也許這邊下雨那邊晴……是的，也許這邊下雨那邊晴，天有不同的天空。所以，《時報・人間副刊》的朋友，約我們到太魯閣國家公園走一趟，我們就欣然前往了。我想去看看臺北天空以外的天空。

離開煙霧迷漫的臺北，到了花蓮，立即換車去清水斷崖。車子停定，下得車來，迎面的遼闊的藍天。我臨崖下望，似斧闢的懸崖直垂到海裡。鑲著白色花邊的海水，竟是淡淡粉綠色的。那粉綠是浪濤刷岩岸，撒下的大理石粉末凝成的。往裡看是層由淡而深的翠綠，然後擴展出無際的湛藍。藍色的海面在清晨陽光下，泛著閃爍的波濤。在一片藍色襯托下，這裡的天空格外明亮清新了。

這裡的天空的確是可愛可親的。當我坐在公園管理處朋友們居住的綠水山莊臺階上，凝視著對面懸崖上的瀑布，那瀑布在樹木環抱裡，似一條白鍊緩緩地瀉流下來。那些樹木緊貼著懸崖，疊疊層層地生長著。蒼蒼蒽蒽的林葉間，浮著一層油油的新綠，那是春天新生的嫩葉。在午後的陽光照拂下，顯得格外鮮明。這些年居住在城市裡，只有陰晴圓缺，很少感到季節的轉換，彷彿再也尋覓不到春天的蹤跡了。沒有想到春天在這裡悄悄跨越山谷而來，和著谷裡潺潺的流水，翔過藍空婉囀的鳥語，在微風中低吟著。

從白楊瀑布回來，已是黃昏時分。但那個武陵人的故事，卻一直縈繞著我。的確，當車子緩緩駛過隧道，下得車來，舉目四望，又是個青翠的山谷，而且是一個完全和外界隔絕的青翠山谷。對岸是大理石的峭壁千仞：黑白相間的峭壁蘊集著濃密的林樹，峭壁上的藍天、峭壁下的綠水像兩條壓線，裝裱成一幅巨大的山水畫。一路行來，這幅山水畫不停地變換，越來越清幽脫俗了。不覺到盡頭，白楊瀑布突然從山谷落下來，跌碎在岩石上，又繼續奔騰而下，躍入谷底的潭中，翠綠的潭水翻起叢叢的白色浪花。

我說，這裡該是山窮水盡了。但引導的朋友卻說還沒有。一面要我們換上他們帶來的雨衣和雨靴，然後笑著向橋那邊的山洞一指，說慢慢走過去。我順著他的指引、踩著洞穴裡清澈的流水，緩緩進入山洞。洞裡一片漆黑，行走間感到腳下的流水越來越急湍，突然流水從洞頂岩石縫隙間傾注下來，整個身體被四面八方傾注下來的噴泉緊緊裹住了。艱難地跋涉一段路程，一道光柱從另一個洞口射進來，隔著那層流動的水簾，隱隱看到洞外的青山。在隱隱的青山間，我彷彿朦朧地看到那個戴著斗笠、披著蓑衣的武陵人又現身了。我想到這裡該是武陵人迷途忘返的地方。

晚飯後，國家公園管理處的朋友們，拿了兩瓶喝剩的紹興。帶著我們到文山泡溫泉去。隨著他們摸黑爬下山谷、走過吊橋，一路踉踉蹌蹌來到谷底。一團熱騰騰的蒸氣，從山崖邊發散出來，溫泉依傍著山岩鑿成的，湧出的泉同水聚在池子裡，然後再溢出和澗水混在一起。我們把帶來的酒先放在澗水裡暖起來。不知誰說了聲脫！剎那間赤裸裸的跳進溫泉泡起來。

後來在澗水裡的酒暖妥了，我們從溫泉的池子跳到澗水裡，啟開酒瓶，仰臥在溫暖的澗水中酌飲起來。谷頂的一片黑絨絨的天空裡，有幾顆閃亮的星星，對我們眨著眼睛。不知什麼時候月亮越過矗立的峭壁，升到谷中的天空，一捧月華的清輝撒散谷中，我們也浴在月光裡。

次日黎明即起，推門而出，清新冷洌的空氣撲面而來。昨天擁擠吵雜的停車廣場上，竟闃無一人，顯得格外寬闊。在寬闊的廣場上，有群鴿子正安詳啄食，見我走來，振翼飛起，越過我面前的一壁青山，向被晨曦點紅的天空飛去。微紅的天空裡，有一抹輕柔似紗的雲飄浮著。

然後到梅園去，從太魯閣來回有二十四公里的路程。梅園是退除役官兵辦的農場，那裡遍種了梅樹和桃樹。只是我們來的時間不巧。梅花已罷，桃花正在含苞。但也有幾棵早綻的桃花，含笑在春風中，倒是幾畦金黃菜花田中的蝶舞蜂釀，使我又撿回幾許兒時江南春天的舊憶。途中遇到下山買種子回來的老鄉親，我們便攀談起來，所談的只是種子的價錢，以及種子播下後的收成。從他樸拙的笑容裡，我突然想到誰說的油麻菜籽故事，菜籽落在那裡就在那裡生長了。其實生活和生命都是可悲與不可捉摸的，實在沒有什麼可說的。但他們卻擁有完全屬於自己的天空，是我們無法分享的。

往返梅園都在九梅歇腳。九梅因路旁的九棵老梅樹得名，的確是個很美的名字。樹下有兩個一紅一黃的郵箱，紅的那個是梅園、黃的那個是蓮花池的。蓮花池在吊橋那邊更遠的山中。郵差把信送到這裡，將信投到郵箱裡待他們來取。他們也把寄出信留在郵箱裡。九梅是山中與外界連繫的地方，他們下山上山都在這裡歇腳。我坐在樹下的石凳上，陽光透過老梅樹的濃蔭，隨著山風的吹動撒了我一身，我抬頭望去，有點點藍天在移動著。

回到臺北，又下雨了。在灰色的天空下，我想到那片潔淨的藍天，想到藍天下漫步的那群牛。據說這群牛是由兩隻自農家逃跑的牛繁生的。由一頭雄赳赳的公牛率領著，殿後的是隻年輕的公牛。這個家族由十幾條牛組合而成，緩緩地在藍天下乾涸的河床裡昂首闊步。當然，我也想到那隻在獸欄裡繞圈子的獅子……

第四輯
燃燒的霞

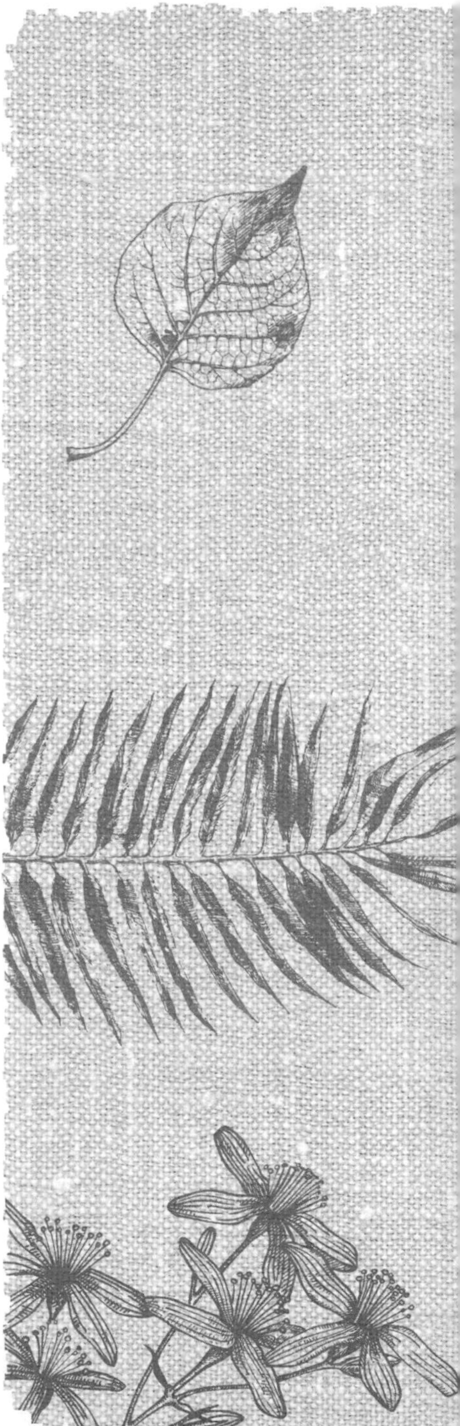

京都塔

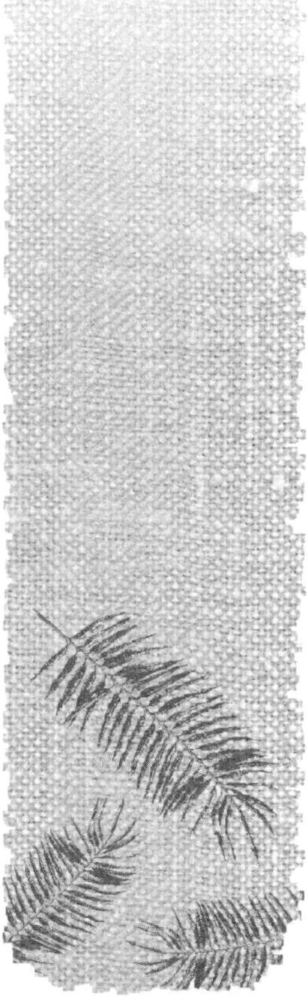

我原想懷著異鄉人的落寞，細咀著那份詩意的孤寂，踏上這個異國的土地，來欣賞屬於川端康成的情調。

也許落拓江湖慣了，也許只把自己視為暫時的過客。所以，只是在飛機穿過夕陽餘暉塗抹的雲層，在暮色蒼茫裡，緩緩向華燈初上的大阪降落時，鳥瞰著許多色彩交織的河流，在我腳上奔騰，心裡朦朧地浮起些微鄉愁的惆悵。但等我迎著撲面的冷風，真正站在這個國家的土地上，卻只悄悄地對自己說：「我來了。」

是的，我來了。雖然拂落衣襟上沾附的雪花，我又重拾回童年的喜悅。但卻仍然無法捕捉最初剎那的影象。我想，即使當年我上日本史不逃課，也無法對這個國家了解的。

於是，我將自己也投入匆忙的人群，默默步上嚮往已久的鴨川橋，撫摸著據說那是過去遺留下來的木橋欄，靜靜地端詳著在兩旁大廈陰影籠罩下，將要窒息的鴨川。在人嘩車嘯的喧囂裡，我似乎只能隱隱聽見流水低低的嗚咽，那經過修整過的水泥堤岸上，除了幾棵禿枯的垂柳，還留著一絲「往日」的依依，其他的只有在川端書裡尋找了。

所以，我只好匆匆坐電梯爬上京都塔，對這個城市作最初的一瞥。京都塔是這個城市最高、最現代化的建築。當初建造時，曾引起激烈的反對。因為他們認為這個塔的出現，將會破壞京都傳統的美感。但這座白色的塔，如今卻巍然地聳立在陽光下，向藍天白雲高舉著歡呼的手臂。

我站在塔的頂端，向四周眺望，發現在許多煙囪環繞下，在許多現代建築物旁，在許多不同種類車輛穿梭往來的行列間，會出現叢叢鬱鬱的松林。在那些松林間又隱現寺院廟堂的一角，灰的瓦，黑的壁，黃的牆。也許這就是他們所謂的傳統美了。這些「傳統」，像許多孤立的小島嶼，星羅棋佈地浮在「現代」的海洋裡，在澎湃的浪濤沖刷下，但卻一點不單調，不蒼老，反而襯托得更古樸純真了。

我從塔尖落下，然後又信步逛進附近一家規模頗大的百貨公司，在許多陳列的新奇貨物堆裡，卻沒有找到自己所需要的。最後，我卻在頂層一個角落駐腳，那是此地一家舊書店所作的聯合展覽。雖然前兩天我逛書店時，曾看到這次展覽目錄，但是我卻沒有想到這個展覽，竟會不調和地出現在百貨公司裡。

那些書零亂的堆積在那裡，裡面有殘闕的石印佛經，有貼著大正年代出名的藝妓和明星發黃照片的像冊，有並不出名但已亡故作家潦草的手稿和校稿，在牆壁上所懸掛的日本地圖中間，還夾雜著一幅南洋兄弟煙草公司美麗牌呂美玉的廣告畫……後來我看見許多翻閱舊書的人群，有帶著助聽器的老人，有留著披頭的青年，有穿著和服的家庭主婦，也有穿著迷你裝戴著睫毛的少女。那麼，就不能不欣賞舉辦這次舊書展商人的雅興了。他們似乎有意在現代裡點綴一點過去，好讓老年人能享受片刻回憶的溫馨，使青年人透過舊書上的積塵，呼吸到一些遙遠的書香。

逛廟

我曾去逛廟，獨自一個人，手裡捻著一本地圖，懷著訪幽攬勝的心情。

雖然，也曾經隨著那群穿和服的婦人們，在導遊人的解說下，伴著她們讚嘆和驚異的「哦——」聲中，繞過許多「文化財」和「國寶」的牌子。（「文化財」和「國寶」是古物保護的等級，譬如像一對古時「門神」。附近是不許抽煙的。）我也曾脫了鞋子走進大雄寶殿，和他們一樣，靜靜地蹲在榻榻米上，聽那個既可吃肉又可娶妻的和尚，閉著眼睛敲著篤篤的木魚，口裡吶吶唸著我聽不懂的經文。我心裡卻想著在剛剛經過的庭院裡，那棵被壓得彎曲，然後卻又被修剪得很整齊的老松樹，還有，我手裡正握著一張「有料」的門票。因此，我沒有一絲思古的幽情。

於是，我索然而出，坐在山門外高高的臺階上，在四月午後暖洋洋的陽光下，燃著一支煙輕輕吐出，欣賞那些背著照像機匆匆轉完這個廟，又急急去參拜另一個寺的人的風雅。最後，我也走了，踩著自己的影子，聽著附近傳來的市聲喧囂。

黑谷之晨

只是偶然一次清晨的漫步，踩著昨夜路旁飄下的銀杏葉，望著今天曙光散去後的一抹微紅，因迷路來到這裡。黑谷，的確是個很詩意的名字，尤其對著那些沉默冰冷的墓碑，和聳立在山頂黑色古舊的木塔，會使人聯想到《聖經》裡所說的「陰影之谷」，於是這披著輕紗霧靄似的清晨，似乎也感染了些微的悲愴氣氛。

但我卻仍懷著意外獲得的欣喜，因為像豎在這裡無數的墓碑一樣，被稱為黑谷的一帶丘陵，在古老蒼勁的松樹遮蔽下，寂寞地存在這喧囂的城市裡，很難會被人發現的。於是，我拾級而上，穿過蔓草叢生的石板路，走進簷下蛛網沾著露珠的山門，遙望著寂寞大殿的木階上，一雙早起的戀人，正赤著腳相偎著走下來，他們該是今天最早的訪客了。

突然，那女孩掙脫男孩的手，拍著手歡笑地向前奔跑，驚起一群正在大殿前松樹下覓食的鴿子，振翼飛起。越過高大青翠的松樹，飛向湛藍的天空，白色的翅膀映在初昇的晨曦裡，伴著幾朵悠悠飄浮的閒雲。

這時晨曦悄悄爬上山頂的塔尖，漸漸地刷亮擁擠在山谷裡灰暗的墓碑，同時也照著那女孩的臉上。那女孩的臉在金色陽光撫摸下，是那麼柔和、安詳和滿足，彷彿整個的世界都完全屬於她的了。

廟裡住持的老僧也起來了。正蹣跚地走向鐘樓，準備敲響今天第一聲晨鐘。當他經過那女孩的身邊，揉揉剛睜開的睡眼，微笑著道了聲早。那女孩的戀人自她身後奔來，向那老僧揮揮手，牽著她嘻笑地向山上的石級跑去。陽光照在他們身上，他們現在真正的，自由自在地生活在陽光下了。

新綠季

櫻花匆匆謝去，零亂的花瓣還沒有隨風飄盡，一場綿綿的春雨後，他們所謂的新綠季又悄悄來了。我很欣賞這個詩意的名字，這季節就像一杯新焙的綠茶，茶汁青青的，喝在嘴裡澀澀的，卻給人一種清新的欣喜。

記得初來時，常兀坐窗前，對著窗外山坡上那排不知名的樹，心裡就浮起難以揮去的蕭瑟。突然，一夜之間春遽然而來，那些樹都已含苞，不兩天一樹白裡透紅的繁花，就搖曳在春風裡了，我才知道那是櫻花。一陣春雨過後，殘花叢中便擠出了微紅的葉芽，現在卻又變成一樹油油的新綠了，青翠裡帶著耀眼的明亮，尤其是一夜斜風細雨初霽後。

昨天黃昏，我偶從鴨川走過，更見鴨川也換了新裳，堤岸上的垂柳已褪盡鵝黃，一蓬朦朧似煙的綠。盪在河邊飲食店窗口，串串初點起的紅燈籠間。河水淙淙地流過，伴著河旁草地對對並頭的情侶，喁喁如絮的情話。

是的，這就是新綠季，一股生命跳躍的力量，正默默地茁壯著。

看花人

我也隨著別人去附庸風雅了。四月櫻花綴繡的春天，九月楓葉染紅的秋天，如果不出去走走，生活在這裡的人，會說你不懂詩情的。

我曾去嵐山泛舟賞櫻。我曾去吉野山，擠在趕廟會似的人群裡探櫻。我曾去圓山公園，看燈籠照亮的夜櫻。我曾去平安神宮，訪那據說像京都女人一樣嬌弱，用竹竿支架著的垂櫻……

淹沒在看花人的波濤裡，到處都鋪著草蓆，草蓆上坐著醉後的看花人，他們的狂歌，囂叫和掌聲。於是我想起黃遵憲的「一花一樹來婆娑，坐者行者口吟哦。攀者折者手挼莎，來者去者肩相摩」的櫻花歌來。但我卻沒有折得一片詩葉，也許我並不是詩人。

但，我卻看見一對異鄉人，從花叢中走出來了。他們還說：「這是一個容易惹起感情的季節呢！」

真的？但我覺得一個對著鏡子，尋找自己頭上白髮的人，還沉湎在十八歲少女的夢裡，雖然是在春天裡，仍然有酒後對著空樽的悲涼。

呵，我記起了，我曾踩著朝露在疏水漫步，那裡有被人遺忘任其飄零的落櫻，片片花瓣逐水飄流。

東大谷

摸索了很久才尋到這裡，但燈會已罷。只剩下一串燈籠陣，懸在路邊高大的松樹間，高大的松樹頂著一頭蒼白的月色，伴著在風裡搖晃的燈籠，低低的輕喟著。燈籠迤邐著通向山門，山門卻已緊閉。

我隨著幾個遲來的參墓者，敲開這寺院的邊門，向立在門邊的老僧微微一合掌，便走了進去。那些參墓者帶著水桶和刷子，手裡還捧著鮮花或拿著電筒。每年這個時候，這山谷裡上萬的墳墓，便燃起萬盞燈籠。這些燈籠和懸在廟門前的不同，都是用棉紙糊成的，從谷底開始一串串，一排排整齊的羅列著，一直懸掛到山腰。人們來到這裡，尋找到他們親人的墳墓，提一桶山澗湧出的清水，在濛濛的燈影下，洗刷過去一年又爬上青苔的墓表。

我沿著石階緩緩爬上去，然後又轉過頭來眺望四周的墓地，墓地寂寂，懸在墓前萬盞燈火已熄，只剩下幾盞孤零的殘燈在風中明滅著，於是我坐下來點燃一支煙，欣賞著這亙古的沉默和甯靜。突然我站起來摸出袋裡的火柴，又折回谷底穿梭在那些陌生的墓碑間，尋找尚可點燃的燭蒂，一盞盞地點上去，等我再爬到山腰，一串燈籠已經照亮在我的腳下了。

一陣山風吹來，迴旋在無數寂寞的墓碑間，像是在唸著一段超渡的經文。最後，我也走了，但我這個來自異鄉的過客，卻為他們點亮今年最後的燈。

化野

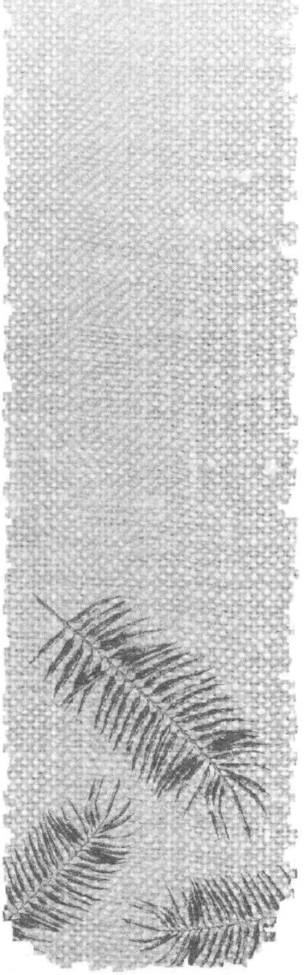

來到川端在他《舊都》裡所描繪的化野，正是黃昏時分。似血的殘陽已沉落山後，西天留下一抹酡紅，群山漸漸隱於蒼茫裡。

我默默站在這堆亂石中，這裡排列著八千多座殘破的石佛像，每一尊石佛代表一個失去的生命。據說古時的日本，人死後被送到這裡，遺棄在這荒涼的山坡上，然後在風和日的吹晒下，在雨和雪的浸溶裡漸漸消逝。是的，終於自喧囂的人世永遠消逝了。但他們的親人卻為他們雕下一座小小的石佛，被留存下來，遺棄在山邊，聽竹林蕭蕭，看白雲悠悠，任四周的楓葉由微紅的嫩芽而新綠、枯黃、又轉為深紅。這種葬式他們稱為風化，所以這裡稱為化野。

他們悄悄地去，正如他們悄悄地來，沒有人知道他們的名字。因為他們的名字已寫在風裡，隨風而逝了。但後來卻來了個多事的和尚，對著這些無名的石頭，感慨人生無常，似霧似露，留下一句：「化野的露，鳥邊的霧」，於是將這些散置的石塊搜集起來，擁擠地排列這裡，每年七月廿四的黃昏，在每一具石佛頭上點燃一支蠟燭，來悲悼這些現在已不知名的。

我來此的時候，月還沒有圓，但浸沉在這樣的黃昏裡，聽幾聲歸巢昏鴉的噪聒，伴著庵裡木魚篤篤，已經體會到那種詩意的悲涼了。

詩仙堂

我早該到這裡來，來到這北洛山下，訪問石川丈山晚年歸隱的庭園。但倒不是為了這庭園的閒趣，而是欣賞這位三陽遺民的雅興。因為他在建築這庭園時，請當時的畫家狩野探幽，描繪了三十六位中國詩人的畫像。好讓這些自漢晉唐宋的詩翁，和他朝夕吟哦與共。那該是好幾百年前的事了，如今人們稱它為「詩仙堂」。

爬上石階，走進竹扉，踱過一簇幽篁裡，間雜著幾叢杜鵑的青苔小徑。然後上玄關，過迴廊，最後在一間不到六疊的小室裡，終於看到我們偉大的詩人們，默默地羅列在擁擠的壁上。但我沒有他鄉遇故知的喜悅，卻浮起些微感嘆。因為我們的詩人竟如此寂寞的飄泊，繫留異國悵看花開花落五百年。歸來，瓶中尚餘殘酒，飲罷。塗下長短句數行：

來此，非為千年之會
只想問：
　江州司馬的青衫
　今遺何處
累我千里來奔
滿眼天涯淚，竟無處揮彈

你們當有淚
亦當有淚似我
一如我似池萍飄泊

河燈

每年這段日子，正是我們的中元節，活在這裡的人，突然會記起他們失去的親人，一串充滿感情和詩意的節目，就隨著展開了。

嵐山本來就是一個充滿詩意的地方。但今夜堤岸上更高搭蓆棚，在一串紅燈籠環繞下，香煙繚繞，僧尼們一面誦唸經文，一面又忙著趕製河燈。那是在一塊小木板上，釘上一個釘子，插上一支細小的白蠟燭，然後用鐵絲繞成燈籠的骨架，再罩上一個紙套，那紙套上印著綠色的荷葉，綠色的荷葉襯托朵紅色的蓮花，每一隻燈籠上寫著「代代祖先之靈」。

我站在堤岸上，看那些踩著木屐，穿著和服的日本婦女，緩緩地自堤邊木梯走下，跨上停靠在河邊的木船，移步船頭，輕輕地將手裡提的燈籠放到河裡。岸邊正燃燒著大堆紙錢，熊熊躍動的火焰映在她們虔誠的臉上，她們口中還唸唸有辭。

於是，一盞河燈又落在水裡。千萬盞燭火熒熒的河燈，在平靜的河面上，慢慢向下游流去。每盞河燈發散出小小的光圈，倒映在月光鍍過的流水裡，彷彿河面上突然開綻出千萬朵蓮花，在微風裡婀娜搖曳。

我沿著堤岸隨著河燈走向下游，在壩旁的一塊岩石上倚躺下來，默默地注視著河燈從我腳下漂過。距我不遠蹲著一個中年婦人，帶著兩個穿和服的小女兒，大的不過十歲，小的只有五六歲的光景。那大的從水裡將熄滅的河燈撈起，交給媽媽重新點燃，又輕輕送回水中。那小的正用扇子搧動著滯留在岸邊的河燈。河燈流到堤堰邊，被一陣急湍的流水湧著，隨著激起的浪花跌落到堰底而熄滅，像一個在這世界上遽然而逝的生命，無聲的，悄悄的離去。偶爾也有幾隻被那個站在堰下水裡的等待的孩子迅速救起，再放回河水裡，繼續隨著流水飄泊。

我抬起頭來，看見遠處橋上幢幢的人影，已漸漸散去。橋的那邊又是一道堤，堤內有幾隻遲歸的畫舫。畫舫上懸掛的多彩的燈籠，彷彿也在水上浮動著，對岸的山巒在月光下朦朧一片，隨著散去的人潮，不知從何處傳來幾聲單調的蒼涼的琴聲，把夜色襯托得更濃了。

松林月

的確，今夜此處的月色，分外晶瑩分外明。當我步入山邊的松林，月光自松叢中瀉下來，落在我身上。踩著滿地殘落的松針，一陣風迎面吹來，我突然記起不久我將離去了，但來此我究竟獲得些什麼呢，我想，除去一肩明月，兩袖清風，似乎是一無所獲了。

我來此原沒有「閉關練功」的心意，所以即使一無所獲，我也沒有失落的惆悵。這裡畢竟是異國，我不過是個偶爾駐腳的過客，也沒有太多的離情別緒。

但我所留戀的，倒是屬於自己所創造的那份生活情趣，也許這該是我意外的收穫了。因為生活在這個時代裡，值得自我欣賞，而且真正屬於自己的，實在不多。我們的確有太多的虛擲，但卻不是為了自己。

雖然，我即將離去，但我會記得，那些我曾訪問過的，在遊覽地圖上也無法找到的小黑點。它們寂寞存在著，像異鄉人寂寞存在異鄉一樣，是容易被人遺忘的。

現在，真的是我該走的時候了，似海的松濤留在後面，但卻無法抖落灑在身上的月影。

燭涕

不知從什麼時候，我開始歡喜這個小咖啡館，現在連名字也忘記了。只記得咖啡館在座木樓上，沒有修飾的木樓座落在甯靜的河邊。在這個樓上，我消磨了許多黃昏與夜晚。

每當我扶著松木的樓梯，旋迴而上時，就嗅著一陣令人欣喜的林野芬芳。上樓後，就揀一個臨窗的位子，眺望窗外的河旁的垂柳，倒映在靜靜的流水裡。河不寬，越過河上那座古樸的木橋，是叢森鬱參天的松林。林間有條筆直的大道，通向那座雖然巍峨，卻已褐色的宮殿。在白天那裡會招引一些無端的觀光喧囂，可是現在卻靜穆了。神廟的飛簷，廟後的青山，廟前的松林，河裡清澈的流水，河旁依依的垂柳，都浸沉在黃昏瑪瑙色的霧裡。

我歡喜這裡，倒不是那份難覓的甯靜，還有那沒有油漆的木桌上，一隻插著白蠟燭的舊酒瓶。每張桌都有一隻，瓶上還殘留著昨夜垂泣的燭涕。入夜後，每支燭蒂都點燃了，黃色的火焰燒去一圈黑暗，燭影下還有幾個分散的人影，隨著躍動的火焰躍動著。

昨夜，在這裡，送一個將到另一個異鄉去的異鄉人，燭前撫摸著酒樽沉默相對，樽裡的啤酒，在熒熒的燭火裡，顏色變得更濃了。

窗外的夜也濃了，水晶似的明月當空，正是個早秋天氣。但秋卻落在異鄉人的心上，恰合成了個愁字。是離愁還是鄉愁，早已無法分辨了。我們只是默默凝視著那燭涕順著酒瓶淌下來，點點滴滴落在桌上凝固了。是的，明日我們又是天涯，但今夜確已真實地在這裡暫時留住了。

燃燒的霞

沒有祝福，沒有花環，沒有揮手，也沒有流淚，就這樣悄悄地，在異鄉送一個異鄉人，投奔到另一個更遙遠的異鄉去。

我默默地站在那裡，心送他消逝在那蓬黃昏的晚霞裡，才發現今天的黃昏竟是那麼美。一卷橘紅的雲，被夕陽燃燒得在西天翻滾，剎那間火星四散，燒著了整個天空。後來火焰漸漸熄滅了，餘下的灰燼迷漫飛揚，天也隨著暗淡下來。

異鄉人的生活也是黯淡的，即便有片刻的燃燒，瞬間又熄滅了。於是，我垂著頭，又擠入陌生的人群，四周五彩的燈像燃燒的霞，已經點亮了，也點亮了一張張陌生又冷漠的臉。夜都市的喧嘩，自我身後奔馳而來，我卻像一隻失群的孤雁，投向無垠的黑暗。風向北西北，好個天涼已是秋的日子。

逯耀東作品

似是閒雲

逯耀東教授長年致力於歷史的教學與研究工作，並先後在《聯合》與《中時》副刊開闢專欄，從事寫作。本書輯錄了作者不同時期對於時事的感懷與慨歎。在青眼觀世之際，卻於心底浮現出一片閒雲，開始這喧囂的塵世展開無聲的對話；在深富情感的筆下，蘊含著傳統知識分子向來所堅持的歷史胸襟和人文關懷。

窗外有棵相思

窗外有片好山水，最初路經這裡，就喜愛這片山水。也許因為這片山水，我才來到這裡。生活在這個時代，不論有形或無形的山水，都被腐蝕殆盡，我們突然失去隱蔽，已經再也找不到一個藏身之所了。逯耀東教授在書中追憶起他早年在香港求學、教書的心路歷程。此後，他寄跡於市井之中，自逐於紛紜之外，以青白眼觀人論世，已滌盡過往的狂放與激情。全書內容分有四輯，貫穿描繪了一個中國知識分子從漂流到潛沉的過程，值得讀者作一番細思與觀摩。

出門訪古早

古人也愛吃，但他們吃什麼？文化的衝擊與改變是如何影響傳統小吃？街邊的美食經歷了哪些我們所不知道的變化？中國各地的吃有什麼不同？兩岸三地的飲食環境有哪些相異處？

本書以歷史的考證，文學的筆觸，帶領你吃遍大陸、臺灣與香港，探索過去半個世紀飲食文化，在社會迅速轉變中的衝擊與融合；引領你徜徉於經典文獻，從中尋覓失傳的古早飲食。

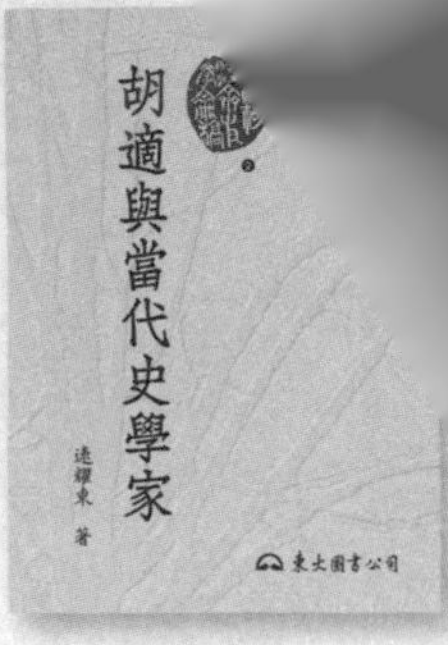

胡適與當代史學家

本書主要討論胡適，並論及和胡適有關的當代史學家陳寅恪、陳垣、顧頡剛、傅斯年、羅爾綱、錢穆、沈剛伯、郭沫若等。雖然只是探討中國現代史學轉折的開始，但卻已為中國現代史學畫出了一個輪廓。

魏晉史學及其他

只有文化理想超越政治權威之時，史學才有一個蓬勃發展的空間，魏晉正是這樣的時代。魏晉不僅是個離亂的時代，同時也是中國第一次文化蛻變的時期，更是中國史學黃金時代。書中一系列魏晉史學的討論，雖然是作者研究魏晉史學的拾遺，卻也道出對這個時期史學探索的某些觀念。此外，關於魏晉時代的散論，以及對長城文化的探討，也是作者曾進行的研究工作。這些以文學筆觸寫成的歷史文章，常帶感情，讀來倍添溫情。

抑鬱與超越——司馬遷與漢武帝時代

本書為逯耀東教授畢生研治《史記》之心血結晶。逯教授透過對〈太史公自序〉與〈報任安書〉的深入解讀，以及尋繹史公在《史記》全書中的架構安排、篇章聯繫、撰寫方式及個別紀傳的背後深意，抽絲剝繭，描繪出司馬遷如何藉由《史記》的傳世，既抒發滿腔抑鬱，又完成自我超越的完整圖像。細讀本書，可以看出逯教授治史之深廣與精細。

肚大能容——中國飲食文化散記

吃，在中國人的生活中扮演著重要的角色。但要能吃出學問，可就不是件簡單的事了！

逯耀東教授可說是中國飲食文化的開拓者，將開門七件事——油、鹽、柴、米、醬、醋、茶等瑣事提升到文化的層次。透過歷史的考察、文學的筆觸，與社會文化變遷相銜接，烹調出一篇篇飄香的美文。

作家徐國能說：「逯耀東的散文不應僅限於飲食的主題上，而應該看做是融合傳統與現代、學術與藝術的文字結晶。其濃情淡筆，藉學養之力，追求大羹玄酒最淡薄卻最深醇的至味，無疑是現代散文裡最難以模仿的寫作風格。」